»Die hellsten Felder wachsen aus dem Abschied, die tiefsten Wälder treiben aus dem Galgenholz« – mit solchen Sätzen lehnt sich Ilse Aichinger in ihren zwischen 1948 und 1952 entstandenen frühen Erzählungen auf gegen das Verdrängen von Tod und Krieg in der »Wiederaufbau«–Zeit. Sie stellt die Erfolgsideologie auf den Kopf mit der Behauptung, einzig durch das Bewußtmachen von Bedrohung, Vernichtung und von Abschied werde ein intensives Erleben der Gegenwart möglich. Alles andere wird entlarvt: Der Soldatenalltag in seiner Absurdität und Brutalität *(Die geöffnete Order)*, die Werbung, die Lähmung im Nachkriegsalltag *(Das Plakat)*, die erneuten Denunziationen *(Das Fenster-Theater)*. Mit der *Spiegelgeschichte* – jene Erzählung, durch welche Ilse Aichinger nach dem Preis der Gruppe 47 (1952) berühmt geworden ist – widersetzt sich die Autorin den weithin akzeptierten Tendenzen: Es ist die Geschichte einer jungen Frau, die – nach einer mißlungenen Abtreibung – im Augenblick des Todes ihr Leben zurückläuft, an entscheidenden Punkten verändert. Die Kraft zu solcher Veränderung und eine extrem gesteigerte Wahrnehmungsfähigkeit kommen hier aus dem Bewußtwerden des Abschieds, des Endes, des Todes: »So können alle, die in irgendeiner Form die Erfahrung des nahen Todes gemacht haben (...) ihre Erfahrung zum Ausgangspunkt nehmen, um das Leben für sich und andere neu zu entdecken«, meint Ilse Aichinger in einem programmatischen Text von 1951 *(Das Erzählen in dieser Zeit)*, der in der vorliegenden Ausgabe wieder zugänglich gemacht wird. Gegenüber der Sammlung *Der Gefesselte* von 1953 wurde ebenfalls die Erzählung *Wo ich wohne* neu in diesen Band aufgenommen.

»Gleichsam vom Rücken der Dinge und der Schicksale her ist Ilse Aichinger an ihr Erzählen gegangen, mit einem Mut, der träumerischer Protest, der Revolte war gegenüber dem dingfesten Leben.« (Karl Krolow)

Ilse Aichinger wurde am 1. November 1921 mit ihrer Zwillingsschwester Helga in Wien geboren, als Tochter einer Ärztin und eines von Steinmetzen und Seidenwebern abstammenden Lehrers. Volksschule und Gymnasium in Wien. Nach dem Einmarsch Hitlers in Österreich im März 1938 verlor die jüdische Mutter sofort Praxis, Wohnung und ihre Stellung als städtische Ärztin. Die Schwester konnte im August 1939 nach England emigrieren, der Kriegsausbruch verhinderte die geplante Ausreise der restlichen Familie: Die Großmutter und die jüngeren Geschwister der Mutter wurden 1942 deportiert und ermordet. Ilse Aichinger war während des Krieges in Wien dienstverpflichtet; nach Kriegsende Beginn eines Medizinstudiums, das sie 1947 abbricht, um den Roman *Die größere Hoffnung* zu schreiben. Arbeitet im Lektorat des S. Fischer Verlages in Wien und Frankfurt/M., anschließend an der von Inge Scholl geleiteten Ulmer Volkshochschule, wo sie an Vorbereitung und Gründung der »Hochschule für Gestaltung« mitarbeitet. 1952 Preis der Gruppe 47 für die *Spiegelgeschichte*. 1953 Heirat mit Günter Eich, zwei Kinder, Clemens (1954) und Mirjam (1957). Nach einigen Jahren in Oberbayern (Lenggries und Chiemsee) Umzug nach Großgmain bei Salzburg 1963. 1972 starb Günter Eich; 1984 bis 1988 lebte Ilse Aichinger in Frankfurt/M., seit 1988 in Wien. Wichtige Auszeichnungen: Preis der Gruppe 47 (1952), Georg-Trakl-Preis (1979), Petrarca-Preis (1982), Franz-Kafka-Preis (1983), Preis der Weilheimer Schülerjury (1988), Solothurner Literaturpreis (1991), Großer Literaturpreis der Bayerischen Akademie (1991).

Der Herausgeber *Richard Reichensperger*, geboren 1961 in Salzburg; Dr. jur. (1984), anschließend Studium der Germanistik, Philosophie, Theologie in Bonn und Salzburg; Dissertation über Robert Musil. Lebt als Journalist und Literaturwissenschaftler in Wien.

Ilse Aichinger
Werke

Taschenbuchausgabe
in acht Bänden
Herausgegeben von
Richard Reichensperger

Die größere Hoffnung
Der Gefesselte
Eliza Eliza
Schlechte Wörter
Kleist, Moos, Fasane
Auckland
Zu keiner Stunde
Verschenkter Rat

Ilse Aichinger

Der Gefesselte

Erzählungen

(1948–1952)

Fischer
Taschenbuch
Verlag

Veröffentlicht im Fischer Taschenbuch Verlag GmbH,
Frankfurt am Main, November 1991

Lizenzausgabe mit freundlicher Genehmigung
des S. Fischer Verlags GmbH, Frankfurt am Main

Umschlaggestaltung: Büro Aicher, Rotis
Satz: Fotosatz Otto Gutfreund, Darmstadt
Druck und Bindung: Clausen & Bosse, Leck
Printed in Germany
ISBN 3-596-11042-4

Inhalt

Das Erzählen in dieser Zeit

Es klingt vielleicht befremdend, wenn eine Reihe von Erzählungen mit dem Titel *Rede unter dem Galgen* zusammengefaßt ist. Und es würde noch befremdender klingen, wollte man das Erzählen an sich als ein Reden unter dem Galgen bezeichnen. Gerade mit dem Begriff des Erzählens verbinden viele immer wieder die Vorstellung des Behagens, des sanften Feuers, das ihre Hände wärmt.

Oder sie sprechen vom Fluß der Erzählung und meinen damit den Fluß, der trägt, der links und rechts freundliche Ufer hat, an die sie, so oft sie wollen, zurückkehren können, um ihn dann ruhig an sich vorbeigleiten zu lassen.

Und dann klagen sie, daß es mit dem Erzählen zu Ende sei, daß es heute gar keine richtigen Geschichten mehr gäbe.

Der Vergleich mit dem Fluß ist noch immer richtig. Aber wer heute Erzählungen mit Flüssen vergleicht, muß an reißendere Flüsse denken, mit steileren und steinigeren Ufern, an die keiner, der einmal den Sprung gewagt hat, so leicht wieder zurückkommt. Und vielleicht an Grenzflüsse. Die Ufer, die vielen bisher Sicherheit bedeutet haben, sind zur Bedrohung geworden, und es verlockt den Fluß nicht mehr, daran zu spielen, er drängt schneller zum Meer.

So liegt auch heute für den Erzählenden die Gefahr nicht mehr darin, weitschweifig zu werden, sie liegt eher darin, daß er angesichts der Bedrohung und unter dem Eindruck des Endes den Mund nicht mehr aufbringt.

Aber haben denn die Ufer für den Fluß nicht immer schon Grenzen bedeutet? Ist nicht jede seiner Windungen immer schon abhängig gewesen von dem Bett, in dem er nicht ruht? Und sind nicht alle Geschichten, die jemals erzählt wurden, von Grenzen bestimmt gewesen und von bedrohten Grenzen?

Alle Flüsse drängen zum Meer, auch wenn die es vielleicht nicht immer sahen, die daran lagen. Form ist nie aus dem Gefühl der Sicherheit entstanden, sondern immer im Angesicht des Endes. Das kann uns ein Trost sein, wenn uns heute unsere Grenzen schmerzhaft deutlich werden und wir dem Ende vielleicht unmittelbarer gegenüberstehen. Und das wird uns zur Ermunterung.

Wenn wir es richtig nehmen, können wir, was gegen uns gerichtet scheint, wenden, wir können gerade vom Ende her und auf das Ende hin zu erzählen beginnen, und die Welt geht uns wieder auf. Dann reden wir, wenn wir unter dem Galgen zu reden beginnen, vom Leben selbst.

Wenn die folgenden Geschichten auch scheinbar wenig Verbindendes haben, so ist ihnen doch gemeinsam, daß sie fast alle unter diesem Gesichtspunkt geschrieben sind.

Ob sie heute oder in hundert Jahren, im Krieg oder im Frieden, auf dem Mond oder auf der Stadtbahnstation einer großen Stadt spielen, sie spielen alle deutlich vom Ende her und auf das Ende zu.

In einer dieser Geschichten gibt es ein Mädchen, das im Sterben sein Leben wie im Spiegel wieder erlebt, das einem Freund, als es ihn zum letzten Mal sieht, begegnet, und sich von ihm, als es ihn zum ersten Mal sieht, trennt, dem zuletzt die Zöpfe wieder wachsen und das bei jeder Prüfung immer mehr von dem, was es wußte, vergessen haben muß, bis es endlich im Augenblick des Todes zur Welt kommt.

So können alle, die in irgendeiner Form die Erfahrung des nahen Todes gemacht haben, diese Erfahrung nicht wegdenken, sie können, wenn sie ehrlich sein wollen, sich und die andern nicht freundlich darüber hinwegtrösten.

Aber sie können ihre Erfahrung zum Ausgangspunkt nehmen,
um das Leben für sich und andere neu zu entdecken.

Der Gefesselte

Er erwachte in der Sonne. Ihr Licht fiel auf sein Gesicht, so daß er die Augen wieder schließen mußte; es strömte ungehindert die Böschung hinab, sammelte sich zu Bächen und riß Schwärme von Mücken mit, die tief über seine Stirne hinwegflogen, kreisten, zu landen suchten und von neuen Schwärmen überholt wurden. Als er sie verscheuchen wollte, bemerkte er, daß er gefesselt war. Eine dünne gedrehte Schnur schnitt in seine Arme. Er ließ sie zurückfallen, öffnete wieder die Augen und sah an sich hinab. Seine Beine waren bis zu den Schenkeln hinauf gebunden, die gleiche Schnur schlang sich um seine Knöchel, lief mehrfach überkreuzt aufwärts, umwand seine Hüften, seine Brust und seine Arme. Wo ihre Enden verknotet waren, sah er nicht, und er glaubte so lange, daß die Fesselung fehlerlos war, ohne das geringste Zeichen von Angst oder Hast, bis er entdeckte, daß sie zwischen seinen Beinen Raum frei ließ und fast lose um seinen Körper lief. Auch seinen Armen, die man ihm nicht an den Leib, sondern nur aneinander gebunden hatte, war Spielraum gegeben. Das ließ ihn lächeln und brachte ihn auf den Gedanken, daß Kinder ihren Scherz mit ihm getrieben hätten.

Er griff nach seinem Messer, aber wieder schnitt die Schnur sanft in sein Fleisch. Er bemühte sich mit größerer Vorsicht noch einmal, in seine Tasche zu greifen, sie war leer. Es fehlte außer dem Messer auch noch das wenige Geld, das er bei sich gehabt hatte, und sein Rock. Die Schuhe hatte man ihm von den Füßen gezogen. Er befeuchtete seine Lippen und schmeckte Blut, das von den Schläfen abwärts über Wangen, Kinn und Hals bis unter sein Hemd geronnen war. Seine Augen schmerzten; wenn er sie längere Zeit offen ließ, spiegelte der Himmel rötliche Streifen wider.

Er beschloß aufzustehen. Er zog die Knie an, soweit es möglich war, berührte mit den Händen das frische Gras und schnellte sich hoch. Ein blühender Holunderzweig streifte seine Wangen, die Sonne blendete ihn, und die Fessel preßte sich in sein Fleisch. Halb besinnungslos vor Schmerz ließ er sich zurückfallen und versuchte es noch einmal. Das trieb er so lange, bis ihm das Blut aus den verdeckten Striemen trat. Dann lag er wieder lange Zeit still und ließ Sonne und Mücken gewähren.

Als er zum zweitenmal erwachte, warf der Holunderstrauch seinen Schatten schon über ihn und ließ die gespeicherte Kühle zwischen den Zweigen hervorströmen. Er mußte einen Schlag auf den Kopf bekommen haben. Dann hatten sie ihn hierher gelegt, wie Mütter ihre Säuglinge sorglich unter die Büsche legen, wenn sie aufs Feld gehen. Ihr Hohn sollte nicht verschwendet sein.

Alle Möglichkeiten lagen in dem Spielraum der Fesselung. Er stützte die Ellbogen auf die Erde und beobachtete das Spielen der Schnur. Sobald sie spannte, gab er nach und versuchte es mit größerer Vorsicht wieder. Wenn er die Zweige über seinem Kopf erreicht hätte, würde er sich an ihnen hochgezogen haben, aber er erreichte sie nicht. Er legte den Kopf auf den Rasen zurück, rollte sich herum und kam auf die Knie. Er tastete mit den Fußspitzen den Boden ab und stand plötzlich fast ohne Mühe auf.

Wenige Schritte vor ihm lief der Weg die Hochfläche dahin, Steinnelken und blühende Disteln wuchsen zwischen den Gräsern. Er hob den Fuß, um sie nicht niederzutreten, wurde aber durch die Schnur gehindert, die seine Knöchel hielt. Er sah an sich hinab.

Die Schnur war an den Gelenken festgeknotet, lief aber in einer Art von spielerischem Muster von einem zum anderen. Er bückte sich behutsam und griff danach, aber sie ließ sich, so locker sie auch schien, doch nicht weiter lockern. Um nicht mit bloßen Füßen in die Disteln zu treten, stieß er sich leicht vom Boden ab und hüpfte wie ein Vogel über sie hinweg.

Beim Krachen eines Zweiges hielt er inne. Irgend jemand in diesem Umkreis hielt nur mit Mühe sein Gelächter zurück. Der Gedanke, daß er nicht in der Lage wäre, sich – wie immer – zu verteidigen, erschreckte ihn. Er hüpfte weiter, bis er auf dem Weg stand. Tief unten zogen helle Felder hin. Von dem nächsten Ort sah er nichts, und es würde Nacht werden, ehe er ihn erreichte, wenn es ihm nicht gelang, sich schneller zu bewegen.

Er versuchte zu gehen und bemerkte, daß die Schnur ihm erlaubte, einen Fuß vor den anderen zu setzen, wenn er jeden Fuß immer nur um ein bestimmtes Maß vom Boden hob und ihn, bevor die ganze Spannweite ausgemessen war, wieder senkte. In demselben Maß ließ sie auch seine Arme schwingen.

Schon nach den ersten Schritten fiel er. Er lag quer über dem Weg und sah den Staub hochfliegen. Er erwartete, das lange unterdrückte Gelächter jetzt hervorbrechen zu hören, aber alles blieb still. Er war allein. Als der Staub sich senkte, kam er hoch und ging. Er sah zu Boden und beobachtete das Pendeln der Schnur, wie sie nachschleifte, sich leicht über die Erde spannte und wieder sank.

Als die ersten Leuchtkäfer aufflogen, gelang es ihm, den Blick vom Boden loszureißen. Er fühlte sich wieder in seiner Macht, und seine Ungeduld, den nächsten Ort zu erreichen, ließ nach.

Der Hunger machte ihn leicht, und es schien ihm auch, als hätte er eine Geschwindigkeit erreicht, die kein Motorrad überholen konnte. Oder er stand auf dem Fleck, und das Land kam ihm schnell entgegen wie der reißende Strom einem, der stromaufwärts schwimmt. Der Strom trug Sträucher, die der Nordwind nach Süden gebogen hatte, junge verkrüppelte Bäume und Rasenstücke mit hellen langstengeligen Blumen. Zuletzt überflutete er auch Sträucher und junge Bäume und ließ nur den Himmel über sich und dem Mann. Der Mond war aufgegangen und beleuchtete die gewölbte freie Mitte der Hochfläche, den von niedrigem Gras überwachsenen Weg, den Gefesselten, der mit schnellen, gemessenen Schritten auf ihm dahinging, und zwei Feldhasen, die knapp vor ihm den Hügel überquerten und sich über den Abhang verloren. Obwohl die Nächte um diese Zeit noch kalt waren, legte sich der Gefesselte vor Mitternacht wieder an den Rand der Böschung und schlief.

Im Morgenlicht beobachtete der Tierbändiger, der mit seinem Zirkus auf der Wiese vor dem Dorf lagerte, den Gefesselten, wie er, nachdenklich den Blick zu Boden gekehrt, den Weg daherkam. Er sah, wie er stehenblieb und nach etwas griff. Er bog die Knie ab, hielt einen Arm ausgestreckt, um sich im Gleichgewicht zu erhalten, hob mit dem anderen eine leere Weinflasche vom Boden, richtete sich auf und schwang sie hoch. Er bewegte sich langsam, um nicht wieder von der Schnur geschnitten zu werden, aber dem Zirkusbesitzer schien es wie die freiwillige Beschränkung einer großen Geschwindigkeit. Die unbegreifliche Anmut der Bewegung entzückte ihn, und während der Gefesselte noch nach einem Stein Ausschau hielt, an dem er die Flasche zerschellen wollte, um mit dem abgesplitterten Hals die Schnur zu durchtrennen, kam der Tierbändiger über die Wiese auf ihn zu. Auch nicht die Sprünge der jüngsten Panther hatten ihn je in ein solches Entzücken versetzt.

»Sie sehen den Gefesselten!« Schon seine ersten Bewegungen lösten einen Jubel aus, der dem Tierbändiger am Rand der Arena vor Erregung das Blut in die Wangen trieb. Der Gefesselte richtete sich auf. Seine eigene Überraschung war immer wieder die eines Vierfüßigen, der sich erhebt. Er kniete, stand, sprang und schlug Räder. Das Staunen der Zuschauer galt einem Vogel, der freiwillig auf der Erde bleibt und sich im Ansatz beschränkt. Wer kam, kam wegen des Gefesselten – seine Schuljungenübungen, seine lächerlichen Schritte und Sprünge machten die Seiltänzer unnötig. Sein Ruhm wuchs von Ort zu Ort, aber seine Bewegungen blieben immer die gleichen, wenige und im Grunde gewöhnliche Bewegungen, die er untertags in dem halbdunklen Zelt immer wieder und wieder üben mußte, um die Leichtigkeit in der Fessel zu behalten. Indem er ganz in ihr blieb, wurde er ihrer auch ledig, und weil sie ihn nicht einschloß, beflügelte sie ihn und gab seinen Sprüngen Richtung. Wie sie auch die Flügelschläge der Zugvögel haben, wenn sie in der Sommerwärme aufbrechen und noch zögernd kleine Kreise am Himmel beschreiben.

Die Kinder in der Gegend spielten nur mehr ›Der Gefesselte‹. Sie banden sich gegenseitig, und einmal fanden die Zirkusleute in einem Graben ein kleines Mädchen, das bis zum Halse abgeschnürt war und keine Luft bekam. Sie befreiten es, und an diesem Abend sprach der Gefesselte nach der Vorstellung zu den Zuschauern. Er erklärte kurz, daß eine Fessel, die keine Sprünge erlaube, sinnlos sei. Von da an gab er auch den Spaßmacher.

Gras und Sonne, Zeltpflöcke, die in den Boden geschlagen und wieder herausgezogen wurden, nahe Dörfer. »Sie sehen den Gefesselten!« Der Sommer wuchs sich entgegen. Er neigte sein Gesicht tiefer über die Fischteiche in den Mulden und entzückte sich in dem dunklen Spiegel, er flog dicht über die Flußläufe hinweg und machte die Ebene zu dem, was sie war. Wer laufen konnte, lief dem Gefesselten nach.

Viele wollten die Fessel aus der Nähe sehen. Der Zirkusbesitzer erklärte deshalb jeden Abend nach der Vorstellung, wer sich jetzt überzeugen wolle, daß die Knoten nicht Schlingen und die Schnur kein Gummiband sei, könne es ruhig tun. Der Gefesselte erwartete die Leute gewöhnlich auf dem Platz vor dem Zelt, er lachte oder blieb ernst und streckte ihnen die Arme hin. Manche benützten die Gelegenheit, um ihm ins Gesicht zu schauen, andere griffen ernsthaft die Schnur ab, prüften die Knoten an den Gelenken und wollten genau wissen, wie die Längen sich zu den Längen der Glieder verhielten. Sie fragten den Gefesselten, wie alles gekommen sei, und er antwortete ihnen geduldig immer das gleiche: Ja, er wäre gefesselt geworden, und als er erwachte, hätte er sich auch bestohlen gefunden. Wahrscheinlich hätten sie nicht mehr Zeit gehabt, die Fessel richtig zu binden, denn für einen, der sich nicht rühren sollte, wäre sie jedenfalls etwas zu locker, und für einen, der sich rühren sollte, wäre sie etwas zu fest. Aber er bewege sich ja doch, erwiderten die Leute darauf. Ja, sagte er, was bliebe ihm anderes übrig?

Ehe er sich niederlegte, blieb der Gefesselte immer noch eine Weile am Feuer. Wenn der Zirkusbesitzer ihn dann fragte, weshalb er keine besseren Geschichten erfände, erwiderte der Gefesselte, er hätte auch diese nicht erfunden. Und dabei stieg ihm das Blut ins Gesicht. Er blieb lieber im Schatten.

Es unterschied ihn von den anderen, daß er die Fessel auch nach der Vorstellung nicht abnahm. Deshalb blieb jede Bewegung immer noch wert, gesehen zu werden, und die Leute aus den Dörfern schlichen lange um die Lagerplätze, nur um zu betrachten, wie er vielleicht nach Stunden vom Feuer aufstand und sich in seine Decke rollte. Und er sah ihre Schatten sich entfernen, wenn der Himmel schon wieder hell wurde.

Der Zirkusbesitzer sprach oft davon, wie man die Fessel nach der Abendvorstellung lösen und am nächsten Tag wieder binden könne. Er beriet sich mit den Seiltänzern, die doch auch nicht die Nacht über auf dem Seil blieben – aber niemand meinte es ernst.

Der Ruhm des Gefesselten rührte ja daher, daß er die Fessel nie abnahm, daß er, wenn er sich selbst waschen wollte, immer zugleich auch seine Kleider waschen mußte und, wenn er seine Kleider waschen wollte, immer zugleich auch sich selbst, daß er nicht anders konnte, als täglich, wie er war, in den Fluß zu springen, sobald die Sonne hervorkam. Und daß er sich nicht zu weit hinauswagen durfte, um nicht mitgerissen zu werden.

Der Zirkusbesitzer wußte, daß die Hilflosigkeit des Gefesselten ihn zur Not vor dem Neid seiner Leute bewahrte. Vielleicht ließ er ihnen absichtlich das Vergnügen, ihn in Kleidern, die von Nässe am Leib klebten, vorsichtig von Stein zu Stein ans Ufer tasten zu sehen. Wenn seine Frau dann sagte, daß auch die besten Kleider eine solche Wäsche auf die Dauer nicht ertrügen (und die Kleider des Gefesselten wären gar nicht die besten), erwiderte er kurz, daß es nicht für immer sei. Und damit beruhigte er alle Einwände: es war nur für den Sommer gedacht. Aber es ging ihm wie einem Spieler, es war ihm auch damit nicht ernst. Eigentlich war er bereit, Löwen und Seiltänzer für den Gefesselten hinzugeben.

Das bewies er auch in der Nacht, während der sie über das Feuer sprangen. Er war später überzeugt davon, daß nicht die längeren und die kürzeren Tage den Anlaß dazu gegeben hatten, der Anlaß war der Gefesselte, der wie immer nahe der Glut lag und ihnen zusah. Mit diesem Lächeln, von dem man nie wußte, ob es nicht das Feuer allein auf sein Gesicht warf. Wie man ja überhaupt nichts von ihm wußte, weil seine Erzählungen immer nur bis zu dem Augenblick reichten, in dem er aus dem Wald trat.

Aber an diesem Abend packten ihn zwei von den Zirkusleuten plötzlich an Armen und Beinen und kamen mit ihm ganz nahe ans Feuer, sie schwenkten ihn hin und her, während drüben zwei andere wie zum Scherz die Arme ausbreiteten. Dann warfen sie ihn hinüber, aber sie warfen zu kurz. Die beiden anderen wichen zurück – wie sie später sagten, um den Anprall besser zu ertragen. Der Gefesselte kam an den Rand der Glut zu liegen und wäre in Brand geraten, wenn ihn nicht der Zirkusbesitzer auf seine Arme genommen und aus dem Feuer getragen hätte, um die Fessel zu retten, die zuerst von der Glut durchsengt worden wäre. Wie er auch sicher war, daß der Anschlag der Fessel gegolten hatte. Alle Beteiligten entließ er sofort.

Wenige Tage später erwachte die Frau des Zirkusbesitzers durch das Tappen von Schritten im Gras und kam gerade noch zurecht ins Freie, um den Clown an seinem letzten Scherz zu hindern. Er hatte nichts als eine Schere bei sich. Als man ihn verhörte, wiederholte er immer wieder, daß er dem Gefesselten nicht nach dem Leben getrachtet hätte. Er wollte nur die Fessel durchschneiden. Er sprach von Mitleid, aber auch er wurde entlassen.

Den Gefesselten erheiterten diese Versuche, er konnte sich ja selbst befreien, wann immer er Lust hatte, aber vielleicht wollte er noch einige neue Sprünge lernen. »Wir ziehen mit dem Zirkus, wir ziehen mit dem Zirkus!« Diese Kinderreime fielen ihm manchmal ein, wenn er nachts wach lag. Vom gegenüberliegenden Ufer hörte er noch lange die Stimmen der Zuschauer, die die Strömung bei der Heimfahrt zu weit hinuntergetrieben hatte. Er sah den Fluß glänzen und unter dem Mond die jungen Zweige, die aus den dicken Köpfen der Weiden wuchsen, und dachte noch nicht an den Herbst.

Der Zirkusbesitzer fürchtete die Gefahr, die der Schlaf für den Gefesselten bedeutete. Nicht so sehr deshalb, weil es immer wieder solche gab, die danach trachteten, ihn zu befreien – entlassene Seiltänzer oder Kinder, die angestiftet waren –, dagegen konnte er Maßnahmen treffen. Die größere Gefahr war der Gefesselte selbst, der im Traum die Fessel vergaß und an dem finsteren Morgen von ihr überrascht wurde. Zornig wollte er sich aufrichten, warf sich hoch und fiel wieder zurück. Der Jubel vom vorherigen Abend war abgestanden, der Schlaf noch zu nahe, Hals und Kopf zu frei. Er war das Gegenteil eines Gehenkten, er hatte den Strick überall, nur nicht um den Hals. Man mußte dafür sorgen, daß er in solchen Augenblicken kein Messer bei sich hatte. Der Zirkusbesitzer schickte seine Frau manchmal gegen Morgen zu ihm. Wenn sie ihn schlafend fand, beugte sie sich über ihn und griff die Fessel ab. Die Schnur war von Staub und Nässe hart geworden. Sie maß die Zwischenräume und beruhrte seine wunden Gelenke.

Es bildeten sich bald die verschiedensten Gerüchte um den

Gefesselten. Die einen sagten, er hätte sich selbst gebunden und dann die Geschichte mit den Dieben erfunden, und diese Meinung überwog gegen Ende des Sommers. Andere milderten es dahin, daß sie erklärten, er hätte sich auf seinen eigenen Wunsch fesseln lassen, es konnte sein, daß alles auf einer Übereinkunft mit dem Zirkusbesitzer beruhte. Die stockenden Erzählungen des Gefesselten, seine Art, abzubrechen, wenn die Rede auf den Überfall kam, trugen viel zu diesen Gerüchten bei. Wer noch an die Diebsgeschichte glaubte, wurde ausgelacht. Niemand wußte, wie schwer es dem Zirkusbesitzer wurde, den Gefesselten zu halten, wie oft der Gefesselte erklärte, er hätte jetzt genug, er wolle gehen, es sei schon zuviel von dem Sommer vertan.

Später sprach er nicht mehr davon. Wenn die Frau ihm das Essen an den Fluß brachte und ihn fragte, wie lange er noch mit ihnen ziehen wolle, gab er keine Antwort. Sie glaubte, daß er sich zwar nicht an die Fessel gewöhnt hätte, aber daran, sie keinen Augenblick zu vergessen – die einzige Gewöhnung, die die Fessel zuließ. Sie fragte ihn, ob es ihm nicht lächerlich scheine, gefesselt zu bleiben, aber er erwiderte, nein, lächerlich scheine es ihm nicht. Es zögen so viele mit dem Zirkus, Elefanten, Tiger und Spaßmacher, weshalb sollte nicht auch ein Gefesselter mitziehen? Er erzählte ihr auch von seinen Übungen, von neuen Bewegungen, die er erlernt hatte, von einem Griff, der ihm klar wurde, als er den Tieren die Fliegen von den Augen scheuchte. Er beschrieb ihr, wie er der Fessel jedesmal zuvorkam, wie er um ein Geringstes an sich hielt, um sie nicht zu spannen, und sie wußte, daß er Tage hatte, an denen er sie kaum streifte, wenn er morgens vom Wagen sprang und die Flanken der Pferde klopfte, als rührte er sich im

Traum. Sie sah, wie er sich über die Stangen schwang, wie flüchtig er das Holz hielt, und sie sah die Sonne auf seinem Gesicht. Manches Mal, sagte er ihr, fühle er sich, als wäre er nicht gefesselt. Sie antwortete, daß er sich nie gefesselt fühlen müsse, wenn er nur bereit wäre, die Schnur abzunehmen. Er sagte darauf, das stünde ihm immer frei.

Zuletzt wußte sie nicht mehr, wem ihre Sorge galt, der Fessel oder dem Gefesselten. Obwohl sie es ihm versicherte, glaubte sie doch nicht daran, daß er auch ohne Fessel mit ihnen weiterziehen würde. Denn was bedeuteten seine Sprünge ohne die Fessel, was bedeutete er selbst ohne sie? Er würde gehen, wenn sie abgenommen war, aller Jubel wäre plötzlich zu Ende. Sie würde nie mehr, ohne bei den anderen Verdacht zu erwecken, neben ihm auf den Steinen am Fluß sitzen können, sie wußte, daß seine Nähe von der Fessel abhing, die hellen Abende und die Gespräche, denn diese Gespräche kreisten nur darum. Sooft sie die Vorteile der Fessel einsah, begann er von ihrer Last zu reden, und wenn er von ihrer Freude sprach, drängte sie ihn, die Fessel abzunehmen. Das schien oft ohne Ende wie der Sommer selbst.

Zu anderen Zeiten beunruhigte es sie, daß sie mit ihren Reden dieses Ende beschleunigen half. Es kam vor, daß sie nachts aufsprang und über den Rasen zu dem Platz lief, auf dem der Gefesselte schlief. Sie wollte ihn wach rütteln, sie wollte ihn bitten, die Fessel zu behalten, aber dann sah sie ihn darin liegen wie einen Toten, die Decke abgeworfen, die Beine von sich gestreckt und die Arme nur wenig auseinandergebreitet. Seine Kleider hatten von Hitze und Wasser Schaden gelitten, aber die Schnur war um nichts dünner geworden. Es schien ihr wieder sicher, daß er mit dem Zirkus ziehen würde, bis ihm die Haut vom Fleisch fiel und seine Gelenke offen lagen. Am nächsten Morgen bat sie ihn noch dringender, die Fessel abzunehmen.

Ihre Hoffnung war die zunehmende Kühle. Der Herbst kam, lange konnte er nicht mehr mit den Kleidern in den Fluß springen. Aber wenn er früher gleichmütig geblieben war, so stürzte ihn gegen Ende des Sommers der Gedanke, die Fessel zu verlieren, in Trauer. Die Lieder der Erntearbeiter flößten ihm Angst ein: »Der Sommer, der Sommer ist hin –.« Aber er sah ein, daß er seine Kleider wechseln mußte. Daran, daß einer die Fessel, sobald sie einmal gelöst war, wieder so binden könne, glaubte er nicht. Um diese Zeit begann der Zirkusbesitzer davon zu reden, daß er heuer nach dem Süden ziehen wolle.

Die Hitze wechselte ohne Übergang in eine stille, trockene Kälte, die Feuer wurden den Tag über brennend gehalten. Der Gefesselte spürte, sobald er den Wagen verließ, das kalte Gras unter seinen Sohlen. Die Spitzen der Halme waren von Reif überzogen. Die Pferde träumten im Stehen, und die Raubtiere schienen, noch im Schlaf zum Sprung geduckt, die Traurigkeit unter den Fellen zum Ausbruch zu sammeln.

An einem dieser Tage entkam dem Zirkusbesitzer ein junger Wolf. Er verschwieg es, um niemanden zu erschrecken, aber der Wolf begann bald in die Viehweiden der umliegenden Orte einzubrechen. Obwohl man zuerst dachte, daß ihn die Witterung eines strengen Winters von sehr weit her getrieben hätte, wurde doch auch der Verdacht gegen den Zirkus wach. Der Zirkusbesitzer hatte seine Leute einweihen müssen, und es konnte nicht mehr lange geheim bleiben, woher der Wolf kam. Die Zirkusleute boten den Bürgermeistern der nahen Orte ihre

Hilfe bei der Jagd an, aber alle Jagden blieben vergeblich. Zuletzt begann man, den Zirkus ganz offen des Schadens und der Gefahr zu beschuldigen, die Zuschauer blieben aus.

Die Bewegungen des Gefesselten hatten auch vor den halbleeren Tribünen nichts von ihrer bestürzenden Leichtigkeit verloren. Den Tag über trieb er sich unter dem dünngehämmerten Silber des herbstlichen Himmels auf den umliegenden Höhenzügen herum und lag, sooft er konnte, wo die Sonne am längsten hinschien. Er fand auch bald einen Platz, auf den die Dämmerung zuletzt kam, und stand nur unwillig aus dem dürren Gras auf, wenn sie ihn endlich erreichte. Er mußte, wenn er die Höhe verließ, das Wäldchen am Südhang passieren, und an einem dieser Abende sah er zwei grüne Lichter, die ihm von unten entgegenglommen. Er wußte, daß es keine Kirchenfenster waren, und er täuschte sich keinen Augenblick.

Er blieb stehen. Das Tier kam durch das gelichtete Laub auf ihn zu. Er konnte jetzt seine Umrisse unterscheiden, den Hals, der schräg abfiel, den Schweif, der den Boden peitschte, und den gesenkten Schädel. Wäre er nicht gefesselt gewesen, so hätte er vielleicht zu fliehen versucht, aber so empfand er nicht einmal Angst. Er stand ruhig mit hängenden Armen und sah auf das gesträubte Fell nieder, unter dem die Muskeln spielten wie seine Glieder in der Fessel. Er glaubte noch den Abendwind zwischen sich und dem Wolf, als das Tier ihn schon ansprang. Der Mann bemühte sich, seiner Fessel zu gehorchen.

Mit der Vorsicht, die er lange erprobt hatte, griff er dem Wolf an die Kehle. Zärtlichkeit für den Ebenbürtigen stieg in ihm auf, für den Aufrechten in dem Geduckten. In einer Bewegung, die dem Sturz eines großen Vogels glich – und er wußte jetzt sicher, daß Fliegen nur in einer ganz bestimmten Art der Fesselung möglich war–, warf er sich auf ihn und brachte ihn zum Fallen. Wie in einem leichten Rausch fühlte er, daß er die tödliche Überlegenheit der freien Glieder verloren hatte, die Menschen unterliegen läßt.

Seine Freiheit in diesem Kampf war, jede Beugung seiner Glieder der Fessel anzugleichen, die Freiheit der Panther, der Wölfe und der wilden Blüten, die im Abendwind schwanken. Er kam mit dem Kopf schräg nach abwärts zu liegen, umklammerte mit seinen bloßen Füßen die Läufe des Tieres und mit den Händen seinen Schädel.

Er fühlte, wie die Sanftmut des welken Laubes seine Handrücken streichelte, wie seine Griffe fast ohne Anstrengung die äußerste Kraft erreichten, wie die Fessel ihn nirgends hinderte.

Als er aus dem Wald trat, begann ein leichter Regen vor der Sonne niederzuströmen. Der Gefesselte blieb eine Weile am Rand unter den Bäumen. Er sah hinter den leichten Schleiern, die nur Windstöße von Augenblick zu Augenblick verdichteten, tiefer unten den Lagerplatz und den Fluß, Viehweiden und Auen und die Plätze, an denen sie gekreuzt hatten. Es kam ihm der Gedanke, doch mit nach dem Süden zu ziehen. Er lachte leise. Es war gegen alle Vernunft. Lange würden seine Kleider das Schaben der Fessel nicht mehr ertragen, wenn er es seinen Gelenken auch zutraute, von Krusten überzogen zu bleiben, die bei gewissen Bewegungen aufbrachen und bluteten.

Die Frau riet dem Zirkusbesitzer, die Nachricht vom Tod des Tieres verkünden zu lassen, ohne den Gefesselten zu nennen. Sie hätten ihm nicht einmal zur Zeit des größten Jubels eine solche Tat geglaubt, und sie würden sie ihm jetzt in ihrer Erbitterung, zu einer Zeit, in der die Nächte schon kühl wurden, noch viel weniger glauben. Sie würden zuletzt nicht nur daran zweifeln, daß er den Wolf erschlagen habe, sie würden vielmehr zweifeln, daß der Wolf, der noch am selben Tag eine Gruppe spielender Kinder angefallen hatte, überhaupt erschlagen sei. Der Zirkusbesitzer, der mehrere Wölfe besaß, konnte leicht ein Fell an das Geländer hängen und freien Eintritt geben. Aber er ließ sich nicht abhalten. Er wiederum dachte, daß gerade die Verkündung einer solchen Tat den Glanz des Sommers noch einmal wiederbringen könne.

Der Gefesselte bewegte sich an diesem Abend unsicher, er strauchelte bei einem seiner Sprünge und stürzte. Noch während er sich aufzurichten versuchte, hörte er Pfiffe und leise Spottrufe über seinem Kopf, die den Rufen der Vögel in der Morgendämmerung ähnlich waren. Und wie manches Mal im Erwachen während des vergangenen Sommers wollte er rasch aufspringen, spannte aber die Fessel zu stark und fiel zurück. Er lag still, um seine Ruhe wiederzugewinnen, und hörte den Lärm anschwellen. »Wie hast du den Wolf erschlagen, Gefesselter?« »Bist du derselbe?« Wäre er einer von ihnen, er würde es selbst nicht glauben. Er dachte, daß sie das Recht hätten, erbittert zu sein: ein Zirkus um diese Zeit, ein Gefesselter, ein entkommener Wolf, und jetzt dieses Ende. Es gab Gruppen, die sich gegeneinander wandten, aber die meisten Zuschauer dachten doch, daß hier ein schlechter Scherz getrieben würde. Als der Gefesselte wieder auf den Füßen stand, war die Unruhe so groß, daß er einzelne Worte kaum mehr unterschied.

Er sah sie ringsumher aufspringen, wie welkes Laub von

Wirbelstürmen aus den Wäldern rund um einen Talkessel geweht, in dessen Mitte es noch still war. Er dachte an die goldenen Dämmerungen der letzten Tage, und es ergriff ihn Erbitterung gegen dieses Friedhofslicht über allem, das in so vielen Nächten ins Kraut geschossen war, gegen den goldenen Schmuck, den die Frommen auf alte dunkle Bilder hingen, gegen diesen Abfall.

Sie verlangten, daß er den Wolfskampf wiederhole. Der Gefesselte erklärte, daß ein solcher Kampf nicht die Sache einer Zirkusvorstellung sei, und der Zirkusbesitzer rief, er hielte seine Tiere nicht, um sie vor den Augen der Zuschauer erschlagen zu lassen. Aber sie hatten schon die Umfassung gestürmt und drängten gegen die Käfige. Die Frau lief zwischen den Tribünen an den Zeltausgang, und es gelang ihr, sie von der anderen Seite zu erreichen. Sie stieß den Wärter weg, den sie zu öffnen gezwungen hatten, aber die Zuschauer rissen sie zurück, so daß sie das Gitter nicht mehr zuschlagen konnte.

»Bist du nicht die, die mit ihm den Sommer über am Fluß gelegen ist?« »Wie nimmt er dich in die Arme?« Sie rief, sie sollten ihm nicht glauben, wenn sie ihm nicht glauben wollten, sie hätten den Gefesselten nie verdient, und bemalte Spaßmacher wären immer noch gerade recht für sie.

Dem Gefesselten war es, als hätte er das ausbrechende Gelächter schon seit dem frühen Mai erwartet; was den Sommer über so süß gerochen hatte, schmeckte faul. Aber wenn sie es verlangten, würde er es noch diese Nacht mit allen Zirkustieren aufnehmen. Er hatte sich noch nie so einig mit der Fessel gefühlt.

Er schob die Frau, die ihm den Weg verstellte, sanft zur Seite. Lieber Himmel, vielleicht würde er doch mit nach dem Süden ziehen. Er stand in der offenen Tür und sah das Tier sich aufrichten, ein junges starkes Tier, und er hörte hinter sich den Zirkusbesitzer noch einmal um die verlorenen Wölfe klagen. Er klatschte in die Hände, um das Tier anzulocken, und als es nahe genug war, wandte er sich zurück, um die Gittertür zu schließen. Er sah der Frau ins Gesicht. Plötzlich erinnerte er sich der Warnung des Zirkusbesitzers, jeden, den er mit einem scharfen Gegenstand in der Nähe des Gefesselten fand, der Mordabsicht zu beschuldigen. Zugleich fühlte er die Klinge an seinem Handgelenk, kühl wie das Flußwasser im Herbst, dem er während der letzten Wochen kaum mehr standgehalten hatte. Die Schnur fiel auf der einen Seite an ihm herab und verwirrte sich, als er versuchte, sie auf der anderen von sich zu reißen. Er stieß die Frau zurück, aber seine Bewegungen trieben schon ins Ziellose. War er doch nicht genügend auf der Hut gewesen vor seinen Befreiern, vor diesem Mitleid, das ihn einwiegen wollte? War er zu lange am Fluß gelegen? Hätte sie die Schnur doch lieber in jedem anderen Augenblick durchschnitten als gerade in diesem.

Er stand im Innern des Käfigs, während er die Fessel wie die Reste einer Schlangenhaut von sich riß. Es erheiterte ihn, die Zuschauer ringsumher zurückweichen zu sehen. Wußten sie, daß er keine Wahl mehr hatte? Oder hätte ein Kampf jetzt noch das Geringste bewiesen? Zugleich schien ihm alles Blut nach unten zu strömen. Er fühlte plötzlich Schwäche.

Den Wolf erbitterte die Fessel, die ihm wie ein Fallstrick vor die Füße fiel, mehr als das Eindringen des Fremden in seinen Käfig. Er setzte zum Sprung an. Der Mann taumelte und griff nach der Waffe, die an der Wand des Käfigs hing. Dann schoß er, ehe ihn jemand hindern konnte, dem Wolf zwischen die Augen. Das Tier bäumte sich und berührte ihn im Fallen.

Auf dem Weg zum Fluß hörte er die Schritte der Nacheilenden hinter sich, der Zuschauer, der Seiltänzer, des Zirkusbesitzers und am längsten die der Frau. Er verbarg sich hinter einer Gruppe von Sträuchern und sah sie an sich vorbeilaufen und nach einer Weile langsam gegen das Lager zurückgehen. Der Mond schien auf die Wiese, sie hatte in diesem Licht zugleich die Farbe des Wachstums und des Todes.

Als er an den Fluß kam, beruhigte sich sein Zorn. In der Morgendämmerung schien es ihm, als trüge das Wasser Eisschollen, als wäre drüben in den Auen schon Schnee gefallen, der die Erinnerung nimmt.

Die geöffnete Order

Vom Kommando war lange keine Weisung gekommen, und es hatte den Anschein, als ob man überwintern würde. In den Schlägen ringsum fielen die letzten Beeren von den Sträuchern und verfaulten im Moos. Die ausgesetzten Posten klebten verloren in den Baumwipfeln und beobachteten das Fallen der Schatten. Der Feind lag jenseits des Flusses und griff nicht an. Statt dessen wurden die Schatten Abend für Abend länger, und die Nebel hoben sich von Morgen zu Morgen schwerer aus den Niederungen. Es gab unter den jüngeren Freiwilligen der Verteidigungsarmee einige, die Sonne und Mond satt hatten und sich dieser Art der Kriegführung nicht gewachsen fühlten. Sie waren entschlossen, wenn es nötig sein sollte, auch ohne Befehl anzugreifen, bevor Schnee fiel.

Derjenige von ihnen, der an einem der nächsten Tage von den Befehlshabern der Abteilung mit einer Meldung an das Kommando geschickt wurde, ahnte deshalb nichts Gutes. Er wußte, daß sie keinen Scherz verstanden, wenn es um Meuterei ging, so nachlässig sie auch sonst schienen. Einige Fragen, die ihm nach Abgabe der Meldung auf dem Kommando gestellt wurden, ließen ihn fast an ein Verhör denken und erhöhten seine Unsicherheit.

Um so mehr überraschte es ihn, als ihm nach längerer Wartezeit eine Order mit dem Befehl übergeben wurde, sie noch vor Einbruch der Nacht an die Abteilung zurückzubringen. Er wurde angewiesen, den kürzeren Weg zu fahren. Auf einer Karte bezeichnete man ihm die eingesehenen Stellen. Zu seinem Unwillen gab man ihm einen Begleiter mit. Durch das offene Fenster sah er den Beginn des Weges, den er zu nehmen hatte, vor sich. Der Weg lief quer über die Lichtung und verlor sich spielerisch zwischen den Haselsträuchern. Man schärfte dem Mann noch einmal Vorsicht ein. Gleich darauf fuhren sie los.

Es war kurz nach Mittag. Wolkenschatten zogen äsenden Tieren gleich über den Rasen und verschwanden gelassen im Dickicht. Der Weg war schlecht und stellenweise fast unbefahrbar. Niedrige Sträucher drängten dicht heran. Sobald der Fahrer eine größere Geschwindigkeit nahm, schlugen ihre Zweige den Männern in die Augen. Der Wald schien auf Holzsammler zu warten, und auch der Fluß, der da und dort über ausgerodete Stellen hinweg in der Tiefe sichtbar wurde, stellte sich unwissend. Auf den Kämmen glänzte geschlagenes Holz in der Mittagssonne. Nichts in der Natur nahm die Grenzhaftigkeit zur Kenntnis.

Sie hatten Eile, durch die Schläge zu kommen, die sich immer wieder zwischen den Stämmen auftaten und mit dem Blick in die Tiefe auch sie selbst den Blicken der Tiefe freigaben. Der Fahrer ließ den Wagen über Wurzeln springen und wandte sich von Zeit zu Zeit nach dem Mann mit der Order zurück, wie um sich einer Fracht zu versichern. Das erbitterte den anderen und machte ihn des Mißtrauens seiner Auftraggeber gewiß. Was hatte seine Meldung enthalten? Wohl hieß es, daß am frühen Morgen einer der entfernteren Posten Bewegungen jenseits des Flusses beobachtet hatte, doch solche Gerüchte gab es immer wieder, und es war möglich, daß sie vom Stab zur Beruhigung der Leute erfunden wurden. Ebenso konnte es sein, daß die Aussendung der Meldung ein Manöver gewesen war und das Vertrauen, das man ihm erwies, fingiert. Sollte er aber Unerwartetes gemeldet haben, so mußte es aus dem Inhalt der Order hervorgehen. Er sagte sich, daß es besser sei, den Inhalt zu wissen, solange man auf eingesehenen Straßen fuhr. Eine Erklärung dieser Art würde er auch geben, wenn man ihn zur Verantwortung zog. Er tastete nach dem Kuvert und berührte das Siegel. Seine Sucht, die Order zu öffnen, wuchs wie Fieber mit dem sinkenden Licht.

Um eine Frist zu gewinnen, bat er den anderen, ihm seinen Platz zu überlassen. Während er fuhr, überkam den Mann Beruhigung. Sie hatten jetzt schon stundenlang die Wälder nicht mehr verlassen. Der Weg war stellenweise von Geröll überschüttet, das von künstlichen Sperren herrührte und auf die Nähe des Zieles schließen ließ. Diese Nähe flößte dem Mann Gleichmut ein, vielleicht würde sie ihn hindern, das Siegel zu öffnen. Er fuhr ruhig und sicher, aber während sie da, wo der Weg wie in einer plötzlichen Sinnesverwirrung selbstmörderisch hinabstürzte, ohne Schaden wegkamen, blieb der Wagen unmittelbar darauf an einer sumpfigen Stelle stecken. Der Motor hatte ausgesetzt, Schreie von Vögeln ließen die darauffolgende Stille noch größer erscheinen. Farnkräuter wucherten im Umkreis. Sie hoben den Wagen heraus. Der Junge erbot sich, einen Defekt, der ihrer Weiterfahrt noch im Weg war, zu beheben. Während er unter dem Wagen lag, erbrach der Mann ohne jede weitere Überlegung die Order. Er mühte sich kaum, das Siegel zu wahren. Er stand über den Wagen gebeugt und las. Die Order lautete auf seine Erschießung.

Es gelang ihm, sie in die Brusttasche zurückzuschieben, ehe der andere seinen Kopf unter dem Wagen hervorzog. »Alles in Ordnung!« sagte er fröhlich. Dann fragte er, ob er nun wieder fahren sollte. Ja, er sollte fahren. Während er ankurbelte, überlegte der Mann, ob es besser wäre, ihn jetzt oder im Fahren niederzuschießen. Es gab für ihn keinen Zweifel mehr darüber, daß sein Begleiter Eskorte war.

Der Weg verbreiterte sich an seinem tiefsten Punkt, als reute ihn sein plötzlicher Absturz, und führte sachte hinauf. ›Die Seele eines Selbstmörders, von Engeln getragen‹, dachte der Mann. Aber sie trugen ihn dem Gericht entgegen, und es würde sich als Schuld enthüllen, was als gutes Recht gegolten hatte. Es war die Aktion ohne Befehl. Was ihn verwunderte, war die Mühe, die man sich mit ihm nahm.

Im fallenden Dunkel sah er die Umrisse des anderen vor sich, seinen Schädel und seine Schultern, die Bewegungen seiner Arme – eine Fraglosigkeit der Kontur, die ihm selbst versagt blieb. Die Kontur des Bewußten verfließt in der Finsternis.

Der Fahrer wandte sich nach ihm um und sagte: »Wir werden eine ruhige Nacht haben!« Das klang wie reiner Hohn. Aber die Nähe des Zieles schien ihn gesprächig zu machen, und er fuhr fort, ohne eine Antwort abzuwarten: »Wenn wir gut hinkommen!« Der Mann nahm den Revolver vom Koppel. Es war im Wald so finster, daß man denken konnte, die Nacht wäre schon hereingebrochen. »Als Kind«, sagte der Fahrer, »mußte ich immer von der Schule durch den Wald nach Hause gehen, wenn es abends war, da habe ich laut gesungen, damals ...«

Sie waren über Erwarten schnell an die letzte Rodung gekommen. Wenn wir darüber sind – dachte der Mann, denn von da ab wurde der Wald noch einmal sehr dicht, ehe er sich gegen den abgebrannten Weiler zu öffnete, wo die Abteilung lag. Aber diese letzte Rodung war breiter als alle bisherigen, der Fluß glänzte aus einer größeren Nähe herüber. Ein Spinnennetz von Mondlicht lag über dem Schlag, der sich bis zum Kamm hinaufzog. Der Weg war von den Rädern der

Ochsenkarren zerfurcht, die vor langer Zeit hier gefahren waren. Die eingetrockneten Furchen glichen im Mondlicht dem Innern einer Totenmaske. Auch dem, der die Rodung gegen den Fluß zu hinuntersah, wurde deutlich, daß die Erde den Abdruck eines fremden Gesichtes trug.

Der Mann hielt den Revolver vor sich auf den Knien. Als der erste Schuß fiel, hatte er deshalb die Empfindung, ihn gegen seinen Willen vorzeitig ausgelöst zu haben. Aber wenn der vor ihm getroffen war, so mußte sein Gespenst von großer Geistesgegenwart sein, denn es fuhr mit größerer Geschwindigkeit weiter. Er brauchte verhältnismäßig lange, ehe er erkannte, daß er selbst der Getroffene war. Der Revolver entfiel seiner Hand, sein Arm sackte herab. Ehe sie den Wald wieder erreichten, fielen noch mehrere Schüsse, ohne zu treffen.

Das Gespenst vor ihm wandte dem Mann sein fröhliches Gesicht zu und sagte: »Hier wären wir glücklich darüber, der Schlag war eingesehen!« – »Halten Sie!« sagte der Mann. »Nicht hier«, erwiderte der Junge, »tiefer drinnen!« – »Ich bin getroffen«, sagte der Mann verzweifelt. Der andere fuhr noch ein Stück weiter, ohne sich umzusehen, und hielt dann plötzlich an. Es gelang ihm, die Wunde abzubinden und das Blut zu stillen. Dann sagte er das einzig Tröstliche, das er wußte: »Wir sind jetzt bald am Ziel!« Dem Verwundeten wird der Tod versprochen – dachte der Mann. »Warten Sie!« sagte er. »Noch etwas?« fragte der Junge ungeduldig. »Die Order!« erwiderte der Mann und griff mit der linken Hand in die Brusttasche. Im Augenblick seiner tiefsten Verzweiflung war ihm der Wortlaut auf eine neue Weise bewußt geworden. Die Order lautete auf die Erschießung des Überbringers, sie nannte keinen Namen.

»Mein Rock ist durchgeblutet«, sagte der Mann, »übernehmen Sie die Order!« Wenn der andere sich weigerte, so würde sich hier alles entscheiden. Nach einem Augenblick des Schweigens fühlte er, wie ihm der Brief aus der Hand genommen wurde. »In Ordnung!« sagte der andere.

Die letzte halbe Stunde verging in Schweigen, Zeit und Weg waren zu Wölfen geworden, die einander rissen. Auf den himmlischen Weiden sind die Schafe geschützt, aber die himmlischen Weiden enthüllten sich als Richtplatz.

Der Ort, wo die Abteilung lag, war ein Weiler von fünf Häusern gewesen, von denen im Lauf der bisherigen Scharmützel drei abgebrannt waren. Die Helle der heilen Höfe machte deutlich, daß die Jungfräulichkeit des Abends der Nacht noch nicht gewichen war. Der Ort war ringsum vom Wald umschlossen, der Rasen war niedergetreten und von Fahrzeugen und Geschützen übersät. Ein Drahtverhau grenzte den Platz gegen die Wälder ab.

Auf die Frage des Postens, was er brächte, erwiderte der Fahrer: »Einen Verwundeten und eine Order!« Sie fuhren rund um den Platz. Während der Mann im Wagen sich aufzurichten versuchte, dachte er, daß dieser Ort einem Ziel nicht ähnlicher war als alle andern Orte der Welt. Alle waren eher als Ausgangspunkt begreiflich. Er hörte eine Stimme fragen: »Ist er bei sich?« und hielt die Augen geschlossen. Es ging darum, Zeit zu gewinnen.

Und ehe irgend etwas bekannt wurde, hatte er neue Kräfte gefunden und Waffen, die seine Flucht erleichterten. Als sie ihn aus dem Wagen hoben, hing er schlaff in ihren Armen.

Sie trugen ihn in eines der Häuser über den Hof, in dem ein Ziehbrunnen stand. Zwei Hunde schnüffelten um ihn her. Die Wunde schmerzte. In einem Raum im Erdgeschoß legten sie ihn auf eine Bank. Es brannten keine Lampen hier, die Fenster standen offen. »Kümmert euch weiter um ihn!« sagte der Fahrer. »Ich möchte keine Zeit verlieren.«

Der Mann erwartete, daß man ihn jetzt verbinden würde, aber als er vorsichtig die Lider hob, fand er sich allein. Vielleicht waren sie weggegangen, um Verbandzeug zu holen. Im Haus war ein lebhaftes Kommen und Gehen, Türen wurden zugeschlagen, Stimmen klangen auf, aber all das trug sein eigenes Verstummen schon in sich und erhöhte, den Schreien der Vögel ähnlich, die Stille, aus der es sich erhob. ›Wozu das alles?‹ dachte der Mann und begann, als nach einigen Minuten noch immer niemand gekommen war, die Möglichkeit einer sofortigen Flucht zu erwägen. Im Flur lehnten abgestellte Gewehre. Dem Posten würde er sagen, er sei mit einer neuen Meldung an das Kommando bestellt. Ausweise hatte er bei sich. Wenn er es bald tat, konnte noch niemand Bescheid wissen.

Er richtete sich auf, wunderte sich aber, wie groß die Schwäche war, die er vorzugeben gedacht hatte. Ungeduldig setzte er die Füße auf den Boden, erhob sich, konnte aber nicht stehen. Er setzte sich zurück und versuchte es entschlossen ein zweites Mal. Bei diesem Versuch riß der Notverband, den der andere angelegt hatte, und die Wunde brach auf. Sie öffnete sich mit der Vehemenz eines verborgenen Wunsches. Er fühlte, wie das Blut sein Hemd durchtränkte und das Holz der Bank näßte, auf die er zurückgefallen war. Durch das Fenster sah er über der getünchten Mauer des Hofes den Himmel. Er hörte das Aufschlagen von Hufen, Pferde wurden in die Stallungen gebracht. Die Bewegungen im Hause hatten sich verstärkt, die Geräusche nahmen zu, es schien Unerwartetes geschehen zu sein. Er zog sich an dem Fenstersims hoch und glitt wieder herab. Er rief, aber es hörte ihn niemand. Man hatte ihn vergessen.

Während er dalag, wich seine Auflehnung einer verzweifelten Heiterkeit. Das Verbluten schien ihm dem Entweichen durch verschlossene Türen ähnlich, einem Übergehen aller Posten. Der Raum, der nur durch die Helle der gegenüberliegenden Mauer wie von Schneelicht ein wenig erleuchtet wurde, enthüllte sich als Zustand. Und war nicht der reinste aller Zustände Verlassenheit und das Strömen des Blutes Aktion? Da er sie an sich und nicht um der Verteidigung willen gewünscht hatte, war das Urteil, das sich an ihm erfüllte, richtig. Da er das Liegen an den Grenzen satt hatte, bedeutete es Erlösung.

In der Ferne fielen Schüsse. Der Mann öffnete die Augen und erinnerte sich. Es war sinnlos gewesen, die Order weiterzugeben. Sie schossen den anderen nieder, während er hier lag und verblutete. Sie zerrten den anderen hinaus zwischen die Sparren der abgebrannten Höfe, vielleicht hatten sie ihm schon die Augen verbunden, nur sein Mund stand noch halb offen vor Überraschung, sie legten an, sie zielten. Achtung – –

Als er zu sich kam, fühlte er, daß seine Wunden verbunden waren. Er hielt es für einen unnötigen Dienst, den die Engel an den Verbluteten taten, für Barmherzigkeit, die zu spät kam. »Hier sehen wir uns wieder!« sagte er zu dem Fahrer, der sich über ihn beugte. Erst als er einen Offizier vom Stab am Fußende des Bettes bemerkte, erkannte er mit Schrecken, daß er nicht gestorben war.

»Die Order«, sagte er, »was ist mit der Order geschehen?«

»Durch den Schuß lädiert«, erwiderte der Offizier, »aber noch lesbar.«

»Ich hatte sie zu überbringen«, sagte der Mann.

»Wir sind zurecht gekommen!« unterbrach ihn der Fahrer. »Die am andern Ufer haben überall den Angriff begonnen!«

»Es war die letzte Nachricht, die wir zu erwarten hatten.« Der vom Stab wandte sich zum Gehen. In der Tür drehte er sich noch einmal zurück und sagte, nur um noch irgend etwas zu sagen: »Ihr Glück, daß Sie den Wortlaut der Order nicht kannten. Wir hatten eine merkwürdige Chiffre für den Beginn der Aktion.«

Das Plakat

»Du wirst nicht sterben!« sagte der Mann, der die Plakate klebte, und erschrak über seine Stimme, als wäre ihm in der flirrenden Hitze sein eigener Geist erschienen. Dann wandte er den Kopf vorsichtig nach links und rechts, aber da war niemand, der ihn für verrückt halten konnte, niemand stand unter seiner Leiter. Der Stadtbahnzug war eben weggefahren und hatte die Schienen wieder ihrem eigenen Glanz überlassen. Auf der anderen Seite der Station stand eine Frau und hielt ein Kind an der Hand. Das Kind sang vor sich hin. Und das war alles. Die Stille des Mittags lag wie eine schwere Hand über der Station und das Licht schien von seinem Übermaß überwältigt zu sein. Der Himmel über den Schutzdächern war blau und gewalttätig, im gleichen Maß bereit, zu schützen und einzustürzen, und die Telegraphendrähte hatten längst zu singen aufgehört. Die Ferne hatte die Nähe verschlungen und die Nähe die Ferne. Es war kein Wunder, daß nur wenige Leute um diese Zeit mit der Stadtbahn fuhren, vielleicht hatten sie Angst, zu Gespenstern zu werden und sich selbst zu erscheinen.

»Du wirst nicht sterben!« wiederholte der Mann verbittert und spuckte von der Leiter. Ein Flecken Blut blieb auf den hellen Steinen. Der Himmel darüber schien plötzlich vor Schreck erstarrt. Es war fast, als hätte ihm einer erklärt: Du wirst nie Abend werden, als wäre der Himmel selbst zum Plakat geworden und stünde nun grell und groß wie die Werbung für ein Seebad über der Station. Der Mann warf den Pinsel in den Eimer zurück und stieg von der Leiter. Er fiel mit dem Rücken gegen die Mauer, hatte aber gleich darauf den Schwindel überwunden, nahm die Leiter über die Schulter und ging.

Der Junge auf dem Plakat lachte schreckerfüllt mit weißen Zähnen und starrte geradeaus. Er wollte dem Mann nachschauen, hatte aber keine Möglichkeit, den Blick zu senken. Seine Augen waren aufgerissen. Halbnackt, die Arme hochgeworfen, im Lauf festgehalten wie zur Strafe für Sünden, von denen er nichts wußte, stand er im weißen Gischt, über sich den Himmel, der zu blau, und hinter sich den Strand, der zu gelb war, und lachte verzweifelt auf die andere Seite der Station, wo das Kind vor sich hin sang und die Frau verloren und sehnsüchtig nach ihm hinübersah. Er hätte ihr gerne erklärt, daß es eine Täuschung war, daß er nicht die See vor sich hatte, wie das Plakat glauben machen wollte, sondern ebenso wie sie nur den Staub und die Stille der Station und die Tafel mit der Aufschrift: »Das Betreten der Schienen ist verboten!« Und er hätte ihr sein eigenes Lachen geklagt, das ihn zur Verzweiflung brachte wie der Gischt, der ihn umsprang, ohne zu kühlen.

Der Junge auf dem Plakat hätte niemals auf solche Ideen kommen dürfen. Weder das Mädchen links von ihm, das einen Blumenstrauß aus einem ganz bestimmten Blumenladen an die Brust gepreßt hielt, noch der Herr rechts von ihm, der eben gebückt aus einem blitzblauen Auto stieg, fanden irgend etwas daran. Es fiel ihnen nicht ein, sich aufzulehnen. Das Mädchen hatte kein Verlangen, den Strauß, den es kaum halten konnte, aus seinen rosigen Armen zu lassen, und die Blumen hatten kein Verlangen nach Wasser. Und der Herr mit dem Auto schien seine gebückte Haltung für die einzig mögliche zu halten, denn er lächelte vergnügt und dachte nicht daran, sich aufzurichten, das Auto abzusperren und den hellen Wolken ein Stück nachzugehen. Sogar die hellen Wolken standen reglos, von silbernen Linien wie von Ketten umgeben, die sie nicht wandern ließen. Der Junge im Gischt war der einzige, dem die Auflehnung hinter dem erstarrten Lachen saß wie das unsichtbare Land hinter der gelben Küste.

Schuld daran war der Mann mit der Leiter, der gesagt hatte: »Du wirst nicht sterben!« Der Junge hatte keine Ahnung, was sterben hieß. Wie sollte er auch? Über seinem Kopf stand in heller Schrift, schräg wie eine vergessene Rauchwolke über den Himmel geworfen, das Wort »Jugend«, und zu seinen Füßen in dem täuschenden Streifen giftgrüner See konnte man lesen: »Komm mit uns!« Es war eine der vielen Werbungen für ein Ferienlager.

Der Mann mit der Leiter war inzwischen oben angelangt. Er lehnte die Leiter an die schmutzige Mauer des Stationsgebäudes, wechselte mit dem lahmen Bettler einige Worte über die Hitze und überquerte zuletzt die Fahrbahn, um sich an dem Stand auf der Brücke ein Glas Bier zu kaufen. Dort wechselte er wieder einige Worte über die Hitze und keines über das Sterben und ging dann zurück, um seine Leiter zu holen. Über allem war ein Schleier von Staub, in den das Licht sich vergeblich zu hüllen versuchte. Der Mann packte die Leiter, den Eimer und die Rolle mit den Plakaten und stieg auf der anderen Seite der Stadtbahn die Stiegen wieder hinunter. Der nächste Zug war noch immer nicht gekommen. Sie verkehrten um diese Zeit manchmal so selten, als verwechselten sie Mittag mit Mitternacht.

Der Junge auf dem Plakat, der nichts anderes konnte als lachend geradeaus starren, sah, wie der Mann genau gegenüber seine Leiter wieder aufstellte und von neuem über die Wände zu streichen begann, über die Wände, an welchen Frauen in kostbaren Kleidern und in dem frevelhaften Wunsch, festzuhalten, was nicht festzuhalten war, erstarrt waren. Der Wunsch, das Ende der Nacht nicht zu erleben, war ihnen in Erfüllung gegangen. Ihre Angst vor dem Morgengrauen war so groß gewesen, daß sie von nun an nichts anderes mehr konnten als für den Spiegelsaal eines Tanzlokals werben, starr und leicht zurückgeneigt in den Armen ihrer Herren. Der Mann auf der Leiter schüttelte seinen Pinsel aus. Sie waren an der Reihe, überklebt zu werden. Der Junge gegenüber konnte es deutlich sehen. Und er sah, wie sie freundlich und wehrlos das Furchtbare mit sich geschehen ließen.

Er wollte schreien, doch er schrie nicht. Er wollte die Arme ausstrecken, um ihnen zu helfen, aber seine Arme waren hochgeworfen. Er war jung und schön und strahlend. Er hatte das Spiel gewonnen, doch den Preis hatte er zu bezahlen. Er war festgehalten in der Mitte des Tages wie die Tänzer gegenüber in der Mitte der Nacht. Und wie sie würde er wehrlos alles mit sich geschehen lassen, wie sie würde er den Mann nicht von der Leiter stoßen können. Vielleicht hing alles damit zusammen, daß er nicht sterben konnte.

Komm mit uns – komm mit uns – komm mit uns! Er hatte nichts anderes im Kopf zu haben als die Worte zu seinen Füßen. Es war der Reim des Liedes. Das sangen sie, wenn sie auf Ferien fuhren, das sangen sie, wenn ihnen die Haare flogen. Das sangen sie noch immer, wenn der Zug auf der Strecke hielt, das sangen sie, wenn ihnen die Haare im Fliegen erstarrten. Komm mit uns – komm mit uns – komm mit uns! Und keiner wußte weiter.

Hinter der Stirne des Jungen begann es zu rasen. Weiße Segler landeten ungesehen in der unsichtbaren Bucht. Der Reim sprang um: Du wirst nicht sterben – du wirst nicht sterben – du wirst nicht sterben! Es war wie eine Warnung. Der Junge hatte keine Ahnung, was Sterben war, aber es brannte plötzlich wie ein Wunsch in ihm. Sterben, das hieß vielleicht die Bälle fliegen lassen und die Arme ausbreiten, sterben, das hieß vielleicht tauchen oder fragen, sterben hieß von dem Plakat springen, sterben – jetzt wußte er es –, sterben mußte man, um nicht überklebt zu werden.

Der Mann auf der Leiter hatte seine Worte längst vergessen. Und wenn es einer Fliege auf dem Rücken seiner Hand eingefallen wäre, ihn daran zu erinnern, so hätte er sie abgeleugnet. Er hatte es in einem Anfall von Verbitterung gesagt, einer Verbitterung, die in ihm gewachsen war, seit er Plakate klebte. Er haßte diese glatten jungen Gesichter, denn er selbst hatte ein Feuermal auf der Wange. Außerdem mußte er achtgeben, daß ihn der Husten nicht von Zeit zu Zeit von der Leiter warf. Aber schließlich lebte er davon, Plakate zu kleben. Die Hitze war ihm eben in den Kopf gestiegen, vielleicht hatte er im Traum gesprochen. Schluß damit.

Die Frau mit dem Kind war näher gekommen. Drei Mädchen in hellen Kleidern klapperten die Stiegen hinunter. Zuletzt standen alle um seine Leiter und sahen ihm zu. Das schmeichelte ihm, und es blieb ihm nichts übrig, als zum drittenmal ein Gespräch über die Hitze zu beginnen. Sie stimmten alle eifrig ein, als wüßten sie endlich den Grund für ihre Freude und für ihre Traurigkeit.

Das Kind hatte sich von der Hand der Mutter losgerissen und drehte sich im Kreis. Es wollte schwindlig werden. Aber bevor es schwindlig wurde, fiel sein Blick auf das Plakat gegenüber. Der Junge lachte beschwörend. »Da!« rief das Kind und zeigte mit der Hand hinüber, als gefiele ihm der weiße Schaum und die See, die zu grün war.

Der Junge hatte keine Macht, den Kopf zu schütteln, er hatte keine Macht, zu sagen: »Nein, das ist es nicht!« Aber das Rasen hinter seiner Stirne war unerträglich geworden: Sterben – sterben – sterben! Ist das Sterben, wenn die See endlich naß wird? Ist das Sterben, wenn der Wind endlich weht? Was ist das: Sterben?

Das Kind auf der anderen Seite faltete die Stirne. Es war nicht sicher, ob es die Verzweiflung in dem Lachen erkannt hatte oder ob es nur das Spiel mit den Gesichtern spielen wollte. Doch der Junge konnte nicht einmal die Stirne falten, um dem Kind die Freude zu machen. Sterben – dachte er –, sterben, daß ich nicht mehr lachen muß! Ist das Sterben, wenn man seine Stirn falten darf? Ist das Sterben? fragte er stumm.

Das Kind streckte seinen Fuß ein wenig vor, als wollte es tanzen. Es warf einen Blick zurück. Die Erwachsenen waren in ihr Gespräch vertieft und beachteten es nicht. Sie redeten jetzt alle auf einmal, um gegen die Stille der Station aufzukommen. Das Kind ging an den Rand, betrachtete die Schienen und lächelte hinunter, ohne die Tiefe zu messen. Es hob den Fuß ein Stück über den Rand und zog ihn wieder zurück. Dann lachte es wieder zu dem Jungen hinüber, um ihm das Spiel zu erleichtern.

»Was meinst du?« fragte sein Lachen zurück. Das kleine Mädchen hob die Schürze ein wenig. Es wollte mit ihm tanzen. Aber wie sollte er tanzen, wenn er nicht sterben konnte, wenn er immer so bleiben mußte, jung und schön, die Arme erhoben, halbnackt im weißen Gischt? Wenn er sich niemals in die See werfen konnte, um auf die andere Seite zu tauchen, wenn er niemals zurück an Land gehen durfte, um seine Kleider zu holen, die im gelben Sand versteckt lagen? Wenn das Wort Jugend immer über seinem Kopf hing wie ein Schwert, das nicht fallen wollte? Wie sollte er mit dem kleinen Mädchen tanzen, wenn das Betreten der Schienen verboten war?

Aus der Ferne hörte man das Anrollen des nächsten Zuges, vielmehr hörte man es nicht, es war nur, als hätte sich die Stille verstärkt, als hätte sich die Helligkeit an ihrem hellsten Punkt in einen Schwarm dunkler Vögel verwandelt, die brausend näher kamen.

Das Kind faßte den Saum seines Kleides mit beiden Händen. »So –«, sang es, »und so –«, und es hüpfte wie ein Vogel am Rand. Aber der Junge bewegte sich nicht. Das Kind lächelte ungeduldig. Wieder hob es den Fuß über den Rand, den einen – den anderen – den einen – den anderen –, aber der Junge konnte nicht tanzen.

»Komm!« rief das Kind. Niemand hörte es. »So!« lächelte es noch einmal. Der Zug raste um die Kurve. Die Frau neben der Leiter bemerkte ihre freie Hand, ihre freie Hand warf sie herum. Sie griff nach dem Saum eines Kleides, als wollte sie den Himmel greifen. »So!« rief das Kind zornig und sprang auf die Schienen, bevor der Zug das Bild des Jungen verdecken konnte. Niemand war imstande, es zurückzureißen. Es wollte tanzen.

In diesem Augenblick begann die See die Füße des Jungen zu netzen. Wunderbare Kühle stieg in seine Glieder. Spitze Kiesel stachen in seine Sohlen. Der Schmerz jagte ihm Entzücken in die Wangen. Zugleich fühlte er die Müdigkeit in seinen Armen, breitete sie aus und ließ sie sinken. Gedanken falteten seine Stirne und schlossen seinen Mund. Der Wind begann zu wehen und trieb ihm Sand und Wasser in die Augen.

Das Grün der See vertiefte sich und wurde undurchsichtig. Und mit dem nächsten Windstoß verschwand das Wort Jugend vom blauen Himmel und löste sich auf wie Rauch. Der Junge hob die Augen, doch er sah nicht, wie der Mann von der Leiter sprang, als stieße ihn jemand zurück. Er legte die Hände hinter die Ohren und lauschte, doch er hörte nicht das Schreien der Menschen und das grelle Hupen des Rettungswagens. Die See begann zu fluten.

›Ich sterbe‹, dachte der Junge, ›ich kann sterben!‹ Er atmete tief, zum ersten Male atmete er. Eine Handvoll Sand flog ihm ins Haar und ließ es weiß erscheinen. Er bewegte die Finger und versuchte, einen Schritt vorwärts zu machen, wie das Kind es ihm gezeigt hatte. Er wandte den Kopf zurück und überlegte, ob er seine Kleider holen sollte. Er schloß die Augen und öffnete sie wieder. Da fiel sein Blick noch einmal auf die Tafel gegenüber: »Das Betreten der Schienen ist verboten!« Und plötzlich überfiel ihn die Angst, sie könnten ihn noch einmal erstarren lassen, lachend, mit weißen Zähnen und einem gleißenden Fleck in jedem seiner Augen, sie könnten ihm den Sand wieder aus dem Haar und den Atem wieder aus dem Mund nehmen, sie könnten die See noch einmal zu einem täuschenden Streifen unter seinen Füßen machen, worin keiner ertrinken konnte, und das Land zu einem hellen Flecken in seinem Rücken, worauf keiner stehen konnte. Nein, er würde seine Kleider nicht holen. Mußte die See nicht zur See werden, damit das Land Land sein konnte? Wie hatte das Kind gesagt? So! Er versuchte zu springen. Er stieß sich ab, kam wieder zurück und stieß sich wieder ab. Und gerade, als er dachte, es würde ihm nie gelingen, kam ein Windstoß von der Brücke. Die See stürzte auf die Schienen und riß den Jungen mit sich.

Der Junge sprang und riß die Küste mit sich. »Ich sterbe«, rief er, »ich sterbe! Wer will mit mir tanzen?«

Niemand beachtete es, daß eines der Plakate schlecht geklebt worden war, niemand beachtete es, daß eines davon sich losgerissen hatte, auf die Schienen wehte und von dem einfahrenden Gegenzug zerfetzt wurde. Nach einer halben Stunde lag die Station wieder leer und still. Schräg gegenüber war zwischen den Schienen ein heller Fleck Sand, als hätte es ihn vom Meer herübergeweht. Der Mann mit der Leiter war verschwunden. Kein Mensch war zu sehen.

Schuld an dem ganzen Unglück waren die Züge, die um diese Zeit so selten fuhren, als verwechselten sie Mittag mit Mitternacht. Sie machten die Kinder ungeduldig. Aber nun senkte sich der Nachmittag wie ein leichter Schatten über die Station.

Der Hauslehrer

Vater und Mutter waren gegangen. Der Kleine hing über das Stiegengeländer und schaute ihnen nach. Er sah den hellen Hut seiner Mutter und den dunklen seines Vaters tief unten und noch tiefer – zuletzt sah er nichts mehr. Der Flur war grün wie die See. Man konnte denken, Vater und Mutter wären gesunken. Ihre Ermahnungen waren so eindringlich gewesen, als ließen sie ihn nicht nur für eine Stunde allein. Dem Kleinen schwirrte der Kopf: Die Kette vorlegen und niemandem öffnen, nur wenn der Hauslehrer kam––– Er war lange krank gewesen, und da er noch schwach war, blieb er zu Hause und erhielt Unterricht. Sein Hauslehrer war ein Student, ein stiller, junger Mann, der ihn für gewöhnlich langweilte.

Der Kleine ging durch die leere Wohnung. Sie war still wie eine Muschel, die man ans Ohr hielt. Er öffnete die Tür zur Vorratskammer. Alle diese gefüllten Körbe und Gläser gehörten jetzt ihm: die Fracht eines fremden Schiffes – die weite Welt. Er nahm einen Apfel aus dem Korb, aber in diesem Augenblick läutete es. Er schlich hinaus. Vor der Tür hielt er den Atem an und zögerte. Dann legte er die Kette vor und öffnete die Tür um einen Spalt. Draußen stand der alte Bettler, den er schon kannte. »Ich habe nichts!« sagte das Kind verlegen und gab ihm den Apfel, den es in der Hand hielt. Der Bettler nahm ihn, ohne zu danken. »Auf Wiedersehen!« sagte der Kleine, aber er erhielt keine Antwort.

Er schloß die Tür und ging auf den Zehenspitzen in sein Zimmer. Dort setzte er sich an den Tisch und saß ganz still. Er hatte sich darauf gefreut, allein zu sein, aber jetzt empfand er Furcht. Furcht vor dem Bettler und Furcht vor den leeren Räumen. Es erleichterte ihn, als er den Hauslehrer läuten hörte. Er lief hinaus und öffnete.

»Du solltest durch das Guckloch schauen!« sagte der Hauslehrer. »Ich erreiche es nicht!« erwiderte das Kind.

Es sah an dem jungen Mann hinauf, der sich vor dem Spiegel über das Haar strich und einen Augenblick innehielt, als lauschte er.

Sie rückten den Tisch ans Fenster und begannen zu lesen. »Es – ist – Herbst –«, las der Kleine stockend, »die Vögel fliegen nach dem Süden.« Er hob den Kopf und sah hinaus. »Wo fliegen sie?« fragte er.

»Lies weiter!« sagte der Hauslehrer ungeduldig. Und dann, als hätte er sich besser besonnen: »Sie sind schon über dem Meer!«

Der Kleine las weiter. Von Blättern, die fielen, und von Früchten, die in großen Gärten geerntet wurden. Von dem bunten Weinlaub und von der Sonne, die früher unterging. »Wo?« fragte er. »Wo geht sie unter?«

»Drüben!« sagte der Hauslehrer unbestimmt.

Sie lasen jetzt vom Himmel und von den weißen Wolken, die der Wind darübertreibt.

»Wo?« rief der Kleine wieder. Aber er bekam keine Antwort. Er hob den Kopf und sah, daß der Hauslehrer still saß und auf seine Knie schaute. »Wo treibt der Wind die Wolken?« rief er dringender. Der Himmel vor dem offenen Fenster war wolkenlos und fast durchscheinend. Es war kurz vor Einbruch der Dämmerung.

»Hörst du etwas?« fragte der Hauslehrer, ohne den Kopf zu heben.

»Hören?« sagte der Kleine. »Nein, ich höre nichts!«

»Still!« sagte der Hauslehrer. »Wenn du ganz still bist, hörst du sie!«

»Wen?« fragte das Kind.

»Horch!« rief der Hauslehrer.

»Wen soll ich hören?« fragte der Kleine noch einmal.

»Diese Stimme«, sagte der junge Mann, »diese Stimme!«

Der Kleine ließ das Blättern. Er senkte den Kopf und legte die Hände hinter die Ohren, aber er hörte nichts als das leichte Brausen, das von tief unten kam und die ganze Wohnung in eine Muschel verzaubert hatte. »Rauschen?« sagte das Kind.

»Nein«, antwortete der Hauslehrer. »Schreien!«

Der Kleine begann zu lachen. Er sprang auf und klatschte in die Hände. »Ist das ein Spiel?« rief er.

»Lies weiter!« sagte der Hauslehrer.

Aber kaum hatten sie von den Nebeln und von den langen Schatten zu lesen begonnen, als er aufsprang und die Tür ins Nebenzimmer aufriß, als wollte er jemanden überraschen. Er ging von da durch den Salon in das Schlafzimmer der Eltern, durchquerte das Vorzimmer und kam wieder zurück. Der Kleine sah ihm erstaunt entgegen.

»Es ist jemand in der Wohnung!« sagte der Hauslehrer. Er erkundigte sich, ob vor ihm schon jemand hier gewesen sei.

»Ja«, antwortete das Kind, »ein Bettler.«

»Hast du die Kette vorgelegt?«

»Ja!«

Der Hauslehrer fiel in Schweigen.

»Soll ich weiterlesen?«

»Horch!«

»Spielen wir?« lächelte der Kleine unsicher.

Der junge Mann sah ihm nachdenklich ins Gesicht.

»Ja!« sagte er nach einer Weile. »Spielen wir, es wäre jemand in der Wohnung!«

»Und wer?« fragte der Kleine freudig.

»Einer«, sagte der Hauslehrer, »den wir fürchten.«

»Der Bettler?«

»Ja, der Bettler! Wir wollen ihn suchen gehen.«

Als der Hauslehrer die Hand in die seine legte, fühlte der Kleine, daß sie kalt und feucht von Schweiß war. Sie gingen auf den Fußspitzen, öffneten leise die Türen und sahen in alle Ecken. Das Licht draußen ließ nach, und in den Zimmern begann es schon zu dunkeln. Nur noch die Rahmen der Bilder glänzten von den Wänden. Im Salon hielt der junge Mann inne, ließ die Hand des Kleinen fallen und legte den Finger an den Mund.

»Wo ist er?« rief der Kleine. Seine Wangen glühten vor Eifer.

»Hörst du ihn nicht?« flüsterte der Hauslehrer.

»Wo?«

»Nebenan!«

»Was sagt er?«

»Er droht!«

Der Kleine stürzte hinaus, riß den Mantel seines Vaters vom Kleiderständer und schrie: »Ich habe ihn, ich habe ihn!« Dann schlüpfte er in den Mantel und schleifte ihn hinter sich her.

Der Hauslehrer kam aus dem Salon. Er kam ganz langsam mit kleinen furchtsamen Schritten auf den Kleinen zu.

»Wir haben ihn!« rief der noch einmal. »Wir haben ihn!«

»Ach«, sagte der Hauslehrer langsam, »du bist es!«

Sie standen vor dem großen Spiegel, und der Kleine sah, wie das Spiegelbild des anderen die Faust gegen ihn erhob. In dem fallenden Dunkel sah er diese geballte Faust und das blasse verzerrte Gesicht. Er sprang und lachte laut. So lustig war der

Hauslehrer noch nie gewesen! In diesem Augenblick hörte er die Schlüssel im Schloß gehen und erkannte die Gesichter seiner Eltern hinter sich. Und er hörte seine Mutter schreien.

Aber noch als der Hauslehrer, von drei Männern gebändigt, erschöpft, mit Schaum vor dem Mund in den Rettungswagen geladen wurde, suchte der Kleine ihnen in die Arme zu fallen.

»Aber wir wollten doch nur spielen!«

Und sooft seine Eltern später sagten: »Wenn wir damals nicht rechtzeitig gekommen wären–«, fiel er ihnen zornig ins Wort: »Wir wollten doch nur spielen!«

Und er mißtraute den Erwachsenen.

Engel in der Nacht

Das sind die hellen Tage im Dezember, die ihre eigene Helligkeit durchschauen und darum immer heller werden, die ihrer Blässe zürnen und ihre Kürze als Verheißung nehmen, die von den langen Nächten genährt sind, stark genug, in Sanftmut sich selbst zu überstehen, stark genug, schwach genug und mild. Das sind diejenigen, die aus der Schwärze sonnig werden und nur daraus. Es sind nicht viele. Denn wenn es viele wären, geschähen auch zu viele seltsame Dinge, zu viele Kirchturmuhren würden sich ganz einfach in Gottes eigene Augen verwandeln. Darum sind diese Tage selten: damit die seltsamen Dinge seltsam bleiben, damit die Leute, die aus dem Krieg gekommen sind, nicht zu oft Schmerzen haben an ihren abgeschossenen Gliedern und nicht zuviel in Händen halten, die schon längst abgefroren sind. Daß sie nicht zuviel wissen von der Nacht, die stillt. Aber manchmal gibt es solche Tage – Vögel, die vergessen haben, nach dem Süden zu fliegen. Sie breiten ihre hellen Flügel über die Stadt, und die Luft zittert vor Wärme, sie machen unseren Hauch noch einmal unsichtbar, bevor es friert. Und wenn es soweit ist, sterben sie schnell. Sie wollen keine lange Dämmerung und keine roten Wolken, sie verbluten nicht offen. Sie fallen von den Dächern, und es ist finster. Vielleicht, wenn diese verirrten Vögel nicht wären, diese hellen Tage im Dezember, gäbe es auch keinen, der noch an Engel glaubt, wenn alle anderen schon hinter seinem Rücken lachen, der die Flügel hat rauschen hören vor Tag, als alle anderen nur die Hunde bellen hörten.

Meine Schwester war schuld daran. Sie war es, die mich an dem finsteren Morgen aus dem Bett gerissen und ans Fenster gezerrt hatte. »Da, da! Da fliegen sie! Hast du es rauschen hören? Siehst du nicht ihre Schleppen? Wach auf! Du schläfst zu lang!« Und später, wenn Weihnachten schon ganz nahe war und die Bäume auf den Plätzen ihre Nadeln verloren, noch ehe sie verkauft waren: »Jetzt ist schon Silber in der Luft, jetzt kommt das Kind bald nach!« Wenn ich sagte: »Es regnet!«, lachte sie verächtlich. »Du schläfst zu lang!« Zu lang, immer um den Augenblick zu lang, in dem die Engel um das Haus flogen!

Ich hatte schon lange begonnen, den Schlaf wie den Tod zu fürchten. Was ist denn Sterben anderes, als die Engel zu versäumen? Mit aufgerissenen Augen lag ich wach und wartete auf das Rauschen der Flügel, auf das Silber in der Luft. Ich schlich ans Fenster und starrte hinaus, aber ich hörte nur die Betrunkenen unten rufen, und einmal schrie einer von ihnen »Halleluja!« Meine Schwester war längst eingeschlafen. Ich hörte es ein Uhr schlagen, zwei Uhr – ich zerbiß meinen Kopfpolster und nickte ein. Ich erwachte wieder. Es sah jetzt fast so aus, als wäre eine Spur von Silber in der Luft. Ich sprang auf und holte Holz aus der Kiste, warf es in mein Bett und legte mich darauf. Aber noch ehe es drei Uhr schlug, schlief ich auf den Scheitern. Und am Morgen war meine Schwester wieder früher wach als ich. Sie hatte diesmal die Spitzen der Flügel gesehen, und es wäre noch viel mehr gewesen, hätte sie nicht ihre Zeit damit vertan, mich wach zu rütteln.

»Habt ihr den Engel gesehen?« Um diese Zeit begannen sie mich in der Schule zu höhnen, um diese Zeit hätte ich nicht mehr daran glauben dürfen, damals hätte ich die dicken, kleinen Engel von meinen Schultern schütteln müssen, aber ich lachte nur. »Ihr schlaft zu lang!« Von da ab begannen mich meine Engel zu überflügeln. Alle, die sagten: »Es gibt keine!« schliefen zu lang, die ganze Welt war ein Heerlager von Schlafenden geworden, über dem Engel kreisten.

An diesem Tag hatte mich meine Mutter abgeholt; die Mutter lebte nicht bei uns, aber sie kam von Zeit zu Zeit, um mich aus der Schule zu holen, und begleitete mich ein Stück heim. Manchmal sprach sie zu mir wie zu einem Erwachsenen. An diesem Tag erzählte sie mir, daß sie nächtelang wach lag und nicht schlafen konnte. Ich liebte meine Mutter, und wenn ich einem Menschen auf der Welt mehr Glauben schenkte als meiner Schwester, war sie es. Wenn meine Mutter wach lag, mußte sie von den Engeln wissen. Ich erinnere mich genau, ich höre es, ich sehe es vor mir. Wir gehen gerade über den Platz, wo die Bäume verkauft werden, und der Himmel über dem Platz ist zu hoch für den Dezember, und der Mann bei den Bäumen ist eingeschlafen. Es ist ein warmer, trauriger Tag, ein verirrter Vogel. Meine Mutter hat schon lange etwas anderes zu reden begonnen, da frage ich sie nach den Engeln. Sie sagt: »Ich habe keine gesehen!« Sie bleibt stehen und sieht mich an und lacht und sagt: »Ich wußte auch nicht, daß du es noch glaubst. Ich habe keine gesehen.« Wir gehen dann schnell auseinander.

Aber ich war damals schon zu groß, um es einfach hinzunehmen, ich hatte zu lange daran geglaubt, und wenn sie mich getäuscht hatten, so hatten sie mich zu lange getäuscht. Ich wollte ein Zeichen, ich wollte plötzlich Heere von Engeln über die Plätze brausen hören, ich wollte alle Spötter zu Boden fallen sehen. Aber die Engel kamen nicht. Schwärme von Tauben flogen auf und kreisten unter dem stillen Himmel. Aber der Himmel war kein Himmel mehr, der Himmel war nur Luft. Sie hatten mich lächerlich gemacht, sie hatten mich verächtlich gemacht, zu lang hatte ich den hellen Rauch für weiße Kleider gehalten und das Nachhallen der Morgenglocken für das Rauschen von Flügeln. Sie hätten mich warnen sollen, und ich hätte es abgetan wie alle anderen, wie nichts, aber jetzt war es zu spät. Die Engel waren keine kleinen Engel mehr, keine Putten mit runden Gesichtern und kurzen, hellen Locken, die Engel waren größer geworden, ernster und heftiger, sie waren, wie ich selbst, im letzten Jahr zu schnell gewachsen, und sie abzuwerfen, war kein Spiel mehr. Denn die Engel, die mit uns zur Welt kommen, sind nur am Anfang so klein wie wir, sie wachsen mit uns, werden wilder und stärker, und ihre Flügel wachsen mit ihnen. Je älter wir werden, desto schwerer wird der Kampf.

Erst mit dem Einbruch der Dunkelheit kam ich nach Hause. Ich hatte in den Durchhäusern gelungert und auf den Bänken am Fluß, ich war für Stunden allein auf der Welt gewesen, allein zwischen den sinnlosen Toren und den Fenstern, die sinnlos sind, wenn es nicht Engel gibt, die sie bei Nacht mit ihren Flügeln streifen. Besser keine Fenster als diese, besser keine Tore, keine Häuser und kein Rauch aus den Kaminen, besser keine Lampen als solche, die nicht brennen, besser keine Welt als eine ohne Engel!

Meine Schwester wartete schon, meine Schwester wartete immer. Sie erwartete anscheinend etwas, was man nicht sehen konnte, jemanden, der nie kam, weil er schon da war. Ich hatte immer gedacht, sie erwartete die Engel. Sie lehnte am Treppengeländer, und ihre Zöpfe hingen darüber. Die Wohnungstür hinter ihr stand offen, Nebel sickerte durch die Ritzen der Flurfenster, das waren die Kleider der Engel, die sich verklemmt hatten. Aber diesmal fing ich sie, diesmal riß ich die Sterne aus ihrem Haar. Und als meine Schwester wieder sagte: »Ich habe sie gesehen«, konnte ich ihr nicht glauben. Sie sollte es beschwören!

Damals wußte ich noch nicht, daß es die Engel sind, die uns beschwören. Nicht wir sind es, die sie erträumen, die Engel träumen uns. Wir sind die Geister in ihren hellen Nächten, wir sind es, die mit Türen schlagen, die es nicht gibt, und über Schnüre springen, die wie Ketten rasseln. Vielleicht sollten wir sanfter in ihren Träumen sein, daß wir sie nicht erschrecken. Wenn die Schatten über die Wüste fallen, wirft sie der Himmel. Und meine Schwester konnte nicht schwören.

Als ich ihr ins Gesicht schrie: »Es gibt sie nicht, du hast gelogen, es gibt sie nicht!« verteidigte sie sich nicht, wie ich es erwartet hatte. Sie wurde nicht zornig und brach nicht in Gelächter aus, sie widersprach nicht einmal. Es schien überraschend für sie gekommen zu sein, und sie teilte mein Entsetzen. Meine Schwester war damals fünfzehn und schon ein Jahr aus der Schule, und doch war es, als hätte ich ihr etwas erzählt, was sie bisher nicht gewußt hatte, als wäre ihr Glaube an die Engel an dem meinen gehangen.

»Schwör auf die Flügel, schwör auf das Silber in der Luft, wenn du's gesehen hast!« Aber sie blieb ganz still. Ich war auf alles gefaßt gewesen, nur nicht auf dieses stumme Zurückweichen, diese plötzliche Wehrlosigkeit, auf das halbe Zugeben der Lüge. Ich hatte den Feind erwartet und war mit allen meinen Waffen ins Leere geritten. Sie hatte ihre Truppen zurückgezogen, vielleicht waren sie auch geflohen, ich weiß es bis heute nicht. Sie wärmte mein Essen und deckte den Tisch für mich, aber sie konnte nicht schwören. Ich zerrte an ihren Zöpfen und an ihrem Rock, wir schlugen uns, aber sie beschwor es nicht.

Wir saßen bei Tisch, wir saßen uns im Finstern gegenüber, wir hörten das Abendläuten und rührten uns nicht. Wir saßen in dem Zimmer und das Zimmer lag in dem Haus und das

Haus stand auf der Kugel, die sich drehte, sinnlos drehte wie eine Betrunkene. Wir saßen beide ganz still, und meine Schwester saß noch stiller da als ich. Das schwache Licht einer Laterne strömte durch die Fenster über ihre Schultern und machte Engelshaar aus ihren Zöpfen, dasselbe, das man unten in den Buden billig zu kaufen bekam. Wir waren allein zu Hause, und vielleicht warteten wir noch immer auf ein Zeichen, auf das Brausen in der Luft. Wenn jemals, so hätten sie jetzt kommen müssen, um die Dächer der Buden abzuheben, um das falsche Engelshaar aus seiner niedlichen Verpackung zu reißen und das richtige fliegen zu lassen, das lang und strähnig war und wie Peitschenschnüre die Wangen aufriß, die es traf. Wenn irgendwann, so hätten sie jetzt kommen müssen, um die Laternen auszublasen und die Bäume auf den Märkten in Brand zu stecken, ehe sie verkauft waren. Aber sie kamen nicht, sie zerbrachen die Scheiben nicht und stießen uns nicht in die Seite. Sie führten uns nicht aus der Gefangenschaft. Sie ließen uns allein in der Hoffnung auf Spielzeug und süßes Backwerk, dem man die Flügel abbeißen konnte.

Wie lächerlich zu denken, daß unser Vater während dieser Zeit in der Stadt umherirrte, um irgendwo billige Geschenke zu finden, und daß in irgendwelchen Kirchen gerade gesungen wurde, wenn es keine Engel gab, die dem Kind vorausflogen. Und das Kind? Das irrte in seinem kleinen, weißen Schlitten durch die riesigen Weltenräume und wunderte sich über die großen Entfernungen. Das Kind war eine Wolke, weiter nichts. Meine Schwester konnte nicht schwören.

Ihr Heer war geschlagen, ohne sichtbar geworden zu sein, und das meine war sichtbar geschlagen. Und während das meine, durch die eisige Leere und Bereitwilligkeit des feindlichen Landes in Schrecken versetzt, sinnlos die Flucht ergriff, lag das ihre verwundet in tiefen Wäldern, ein Heer, das, von Anbeginn verwundet, nicht den leisesten Versuch gemacht hatte, sich zu verteidigen, ein Heer von Blutern, das den Tod erwartete, das Heer der geschlagenen Engel. Aber zwischen dem Aufschlagen der fliehenden Schritte und dem vergessenen Wald begannen ahnungslose Hirten ihre Herden zu weiden.

Als es ganz finster geworden war, ging ich schlafen. Draußen hatte Schnee zu fallen begonnen, der sich mit Regen mischte. Ich lag im Halbschlaf und sah, wie er den müden Engeln die Flügel schwerer und immer schwerer machte, während das Kind mutterseelenallein durch die Mondgebirge fuhr, an offenen Kratern entlang. Ich wollte es warnen, aber ich hatte keine Macht dazu.

Später hörte ich meinen Vater nach Hause kommen und ich hörte, wie er einige Worte mit meiner Schwester wechselte. Sie sprachen nie viel miteinander. Noch später hörte ich die Schlüssel sich im Schloß drehen, er mußte wieder weggegangen sein. Meine Schwester öffnete die Tür zu unserem Zimmer und stand eine Weile lang unentschlossen dazwischen. Sie machte ein paar Schritte auf mein Bett zu, während ich ganz still lag. Sie beugte sich über mich, aber ich hielt die Augen geschlossen. Sie ging leise aus dem Zimmer. Als ich diesmal einschlief, träumte ich nichts mehr. Mein Schlaf war leer geworden wie der Tod der Leute, die keine Auferstehung erwarten.

Aber wie ich eingeschlafen war gegen meinen Willen, erwachte ich gegen meine Erwartungen, ohne Zeit und in einem fremden Raum. Die Decke ist schwer wie eine Grabplatte aus Marmor. Unmöglich, sich zu bewegen oder die Augen zu öffnen. Ich will den Stein nicht. Schnee ist schöner,

Schnee schmilzt! Was haben sie getan? Sie haben mich begraben, ohne daß ich gestorben bin! Sie sind nach Hause gegangen, jetzt zünden sie die Kerzen an, es riecht nach frischem Backwerk und verbrannten Zweigen. Ein Schneesturm hat draußen begonnen, wie gut es ist, daß sie noch vor dem Schneesturm nach Hause gekommen sind. Und ich? Ich bin nicht tot! Ihr Engel, rettet mich, schnell, eh mir noch die Luft ausgeht, kommt, warum kommt ihr nicht! Seid ihr gestorben? Ja. Jetzt weiß ich's: Ihr seid es, die gestorben sind. Wir haben euch begraben gestern abend. Wart ihr nicht tot? Seid ihr's, die lebend unter Steinen liegen? Ich will euch helfen, wartet, ich will mich rühren, ich heb den Stein! Mit allen meinen Kräften will ich ihn heben, mit meinen flachen Händen – Gott steh mir bei! Wie leicht der Stein ist! Ich fliege. Könnt ihr's auch? Der Stein war Schnee.

Mondlicht flutet ins Zimmer, es ist so hell, daß man verschlossene Türen für offene Fenster halten könnte, die Wände haben sich gedreht, die Kästen und Betten haben heimlich ihre Plätze getauscht. Es schwindelt mir – was hat mich aufgeweckt? Wer hat den schweren Stein in Schnee verwandelt? Es rauscht mir in den Ohren, aber das ist es nicht, die eigene Stimme weckt keinen aus dem Schlaf. Mein Herz schlägt laut, nein, es ist nicht mein Herz, das dort ans Fenster schlägt, es ist auch nicht der Wind, der an den Scheiben rüttelt, sie aufgerissen hat und doch von außen zuhält! Seid ihr's?

Wie hab ich zweifeln können? Das war nicht ich, der einen Augenblick lang dachte, du wärst der Wind, mein Engel. Wie weiß dein Kleid ist, Schnee liegt auf deinem Haar, er fällt so dicht da draußen, daß ich nicht sehen kann, wie viele hinter dir sind. Es müssen viele sein, ein Heer! Darf ich auch näher kommen? Soll ich beten? Wie still du stehst! Darf ich die angelaufenen Scheiben öffnen? Ich will dich besser sehen, sehen will ich, wie du fliegen kannst! Beweg dich doch! Wie groß sind deine Flügel? Was hast du an den Füßen? Ich will dir öffnen, komm herein, mein Engel, wirf alles um mit deinen breiten Flügeln und sei willkommen!

Aber schon während ich auf das Fenster zukam, sah ich, daß der Engel abwehrend den Kopf bewegte, und ich erinnerte mich, daß meine Schwester immer sagte, man dürfe ihnen nicht ins Gesicht schauen, und ich erkannte, daß er den Saum seines Kleides nicht berührt haben wollte. Wieder packten mich furchtbare Zweifel, daß er Schnee sein könnte, ein hergewehtes Tuch, ein Traum. Ich wollte seine ausgebreiteten Flügel sehen.

Ein Windstoß kam durch das Fenster. Hände voll Flocken drangen mir in Mund und Augen, unter einem Schleier von Schnee sah ich den Engel schwanken, als wollte er die Flügel ausbreiten. Aber die Flocken waren so dicht, daß man kaum schauen konnte, ein Schneesturm mußte ausgebrochen sein, wieder kamen schwere Windstöße herein, schlugen das Fenster zu und verschleierten mir den Blick. Als ich die Augen blank gerieben hatte und das Fenster wieder aufriß, sah ich nichts mehr als den Schnee, der in dem engen, hohen Hof tobte und tanzte, fiel und in riesigen Wirbeln über die Dächer wieder zurückgeschleudert wurde, wie das Heer der Engel, das nicht berührt sein will.

Haltet sie, haltet sie: Wachset hoch, ihr Dächer, ihr Häuser werdet Türme, daß sie nie mehr hinüberkommen, ihr Rauchfänge treibt Rauch auf ihren Weg, damit sie ihn nicht finden, ihr Schläfer zündet Lichter an, daß ihr sie seht. Wer holt sie ein, wer macht den Tag zum jüngsten? Wer ruft sie mir zurück? Das ist die Zeit, zu der mich meine Schwester weckt, heut weck ich sie: »Wach auf!«

Es schlägt sechs, zögernd fällt eine Glocke nach der anderen ein. Das Zimmer ist jetzt finster, ich kann das Bett nicht finden. Der Schnee war viel zu hell für meine Augen, zu lang hab ich ihnen nachgeschaut, gleich hätt ich meine Schwester wecken müssen: »Wach auf, du schläfst zu lang!«

Die Decke fällt zu Boden, und meine Schwester hält sie nicht mit ihren Fäusten fest, und meine Schwester stöhnt nicht und wehrt sich nicht, wie ich mich jeden Morgen gegen den kalten Boden und die Engel wehre, sie stößt mich nicht zurück, sie bleibt so still wie alle, die nicht schlafen, wenn man sie weckt, so sanft, wie nur die bleiben, die nicht hier sind.

Und sie ist still geblieben, als wir sie im Hof fanden und aus dem Schnee hoben, der sie schon bedeckt hatte.

Spiegelgeschichte

Wenn einer dein Bett aus dem Saal schiebt, wenn du siehst, daß der Himmel grün wird, und wenn du dem Vikar die Leichenrede ersparen willst, so ist es Zeit für dich, aufzustehen, leise, wie Kinder aufstehen, wenn am Morgen Licht durch die Läden schimmert, heimlich, daß es die Schwester nicht sieht – und schnell!

Aber da hat er schon begonnen, der Vikar, da hörst du seine Stimme, jung und eifrig und unaufhaltsam, da hörst du ihn schon reden. Laß es geschehen! Laß seine guten Worte untertauchen in dem blinden Regen. Dein Grab ist offen. Laß seine schnelle Zuversicht erst hilflos werden, daß ihr geholfen wird. Wenn du ihn läßt, wird er am Ende nicht mehr wissen, ob er schon begonnen hat. Und weil er es nicht weiß, gibt er den Trägern das Zeichen. Und die Träger fragen nicht viel und holen deinen Sarg wieder herauf. Und sie nehmen den Kranz vom Deckel und geben ihn dem jungen Mann zurück, der mit gesenktem Kopf am Rand des Grabes steht. Der junge Mann nimmt seinen Kranz und streicht verlegen alle Bänder glatt, er hebt für einen Augenblick die Stirne, und da wirft ihm der Regen ein paar Tränen über die Wangen. Dann bewegt sich der Zug die Mauern entlang wieder zurück. Die Kerzen in der kleinen häßlichen Kapelle werden noch einmal angezündet, und der Vikar sagt die Totengebete, damit du leben kannst. Er schüttelt dem jungen Mann heftig die Hand und wünscht ihm vor Verlegenheit viel Glück. Es ist sein erstes Begräbnis, und er errötet bis zum Hals hinunter. Und ehe er sich verbessern kann, ist auch der junge Mann verschwunden. Was bleibt jetzt zu tun? Wenn einer einem Trauernden viel Glück gewünscht hat, bleibt ihm nichts übrig, als den Toten wieder heimzuschicken.

Gleich darauf fährt der Wagen mit deinem Sarg die lange Straße wieder hinauf. Links und rechts sind Häuser, und an allen Fenstern stehen gelbe Narzissen, wie sie ja auch in alle Kränze gewunden sind, dagegen ist nichts zu machen. Kinder pressen ihre Gesichter an die verschlossenen Scheiben, es regnet, aber eins davon wird trotzdem aus der Haustür laufen. Es hängt sich hinten an den Leichenwagen, wird abgeworfen und bleibt zurück. Das Kind legt beide Hände über die Augen und schaut euch böse nach. Wo soll denn eins sich aufschwingen, solang es auf der Friedhofsstraße wohnt?

Dein Wagen wartet an der Kreuzung auf das grüne Licht. Es regnet schwächer. Die Tropfen tanzen auf dem Wagendach. Das Heu riecht aus der Ferne. Die Straßen sind frisch getauft, und der Himmel legt seine Hand auf alle Dächer. Dein Wagen fährt aus reiner Höflichkeit ein Stück neben der Trambahn her. Zwei kleine Jungen am Straßenrand wetten um ihre Ehre. Aber der auf die Trambahn gesetzt hat, wird verlieren. Du hättest ihn warnen können, aber um dieser Ehre willen ist noch keiner aus dem Sarg gestiegen.

Sei geduldig. Es ist ja Frühsommer. Da reicht der Morgen noch lange in die Nacht hinein. Ihr kommt zurecht. Bevor es dunkel wird und alle Kinder von den Straßenrändern verschwunden sind, biegt auch der Wagen schon in den Spitalshof ein, ein Streifen Mond fällt zugleich in die Einfahrt. Gleich kommen die Männer und heben deinen Sarg vom Leichenwagen. Und der Leichenwagen fährt fröhlich nach Hause.

Sie tragen deinen Sarg durch die zweite Einfahrt über den Hof in die Leichenhalle. Dort wartet der leere Sockel, schwarz und schief und erhöht, und sie setzen den Sarg darauf und öffnen ihn wieder, und einer von ihnen flucht, weil die Nägel zu fest eingeschlagen sind. Diese verdammte Gründlichkeit!

Gleich darauf kommt auch der junge Mann und bringt den Kranz zurück, es war schon hohe Zeit. Die Männer ordnen die Schleifen und legen ihn vorne hin, da kannst du ruhig sein, der Kranz liegt gut. Bis morgen sind die welken Blüten frisch und schließen sich zu Knospen. Die Nacht über bleibst du allein, das Kreuz zwischen den Händen, und auch den Tag über wirst du viel Ruhe haben. Du wirst es später lange nicht mehr fertigbringen, so still zu liegen.

Am nächsten Morgen kommt der junge Mann wieder. Und weil der Regen ihm keine Tränen gibt, starrt er ins Leere und dreht die Mütze zwischen seinen Fingern. Erst bevor sie den Sarg wieder auf das Brett heben, schlägt er die Hände vor das Gesicht. Er weint. Du bleibst nicht länger in der Leichenhalle. Warum weint er? Der Sargdeckel liegt nur mehr lose, und es ist heller Morgen. Die Spatzen schreien fröhlich. Sie wissen nicht, daß es verboten ist, die Toten zu erwecken. Der junge Mann geht vor deinem Sarg her, als stünden Gläser zwischen seinen Schritten. Der Wind ist kühl und verspielt, ein unmündiges Kind.

Sie tragen dich ins Haus und die Stiegen hinauf. Du wirst aus dem Sarg gehoben. Dein Bett ist frisch gerichtet. Der junge Mann starrt durch das Fenster in den Hof hinunter, da paaren sich zwei Tauben und gurren laut, geekelt wendet er sich ab.

Und da haben sie dich schon in das Bett zurückgelegt. Und sie haben dir das Tuch wieder um den Mund gebunden, und das Tuch macht dich so fremd. Der Mann beginnt zu schreien und wirft sich über dich. Sie führen ihn sachte weg. »Bewahret Ruhe!« steht an allen Wänden, die Krankenhäuser sind zur Zeit überfüllt, die Toten dürfen nicht zu früh erwachen.

Vom Hafen heulen die Schiffe. Zur Abfahrt oder zur Ankunft? Wer soll das wissen? Still! Bewahret Ruhe! Erweckt die Toten nicht, bevor es Zeit ist, die Toten haben einen leisen Schlaf. Doch die Schiffe heulen weiter. Und ein wenig später werden sie dir das Tuch vom Kopf nehmen müssen, ob sie es wollen oder nicht. Und sie werden dich waschen und deine Hemden wechseln, und einer von ihnen wird sich schnell über dein Herz beugen, schnell, solang du noch tot bist. Es ist nicht mehr viel Zeit, und daran sind die Schiffe schuld. Der Morgen wird schon dunkler. Sie öffnen deine Augen, und die funkeln weiß. Sie sagen jetzt auch nichts mehr davon, daß du friedlich aussiehst, dem Himmel sei Dank dafür, es erstirbt ihnen im Mund. Warte noch! Gleich sind sie gegangen. Keiner will Zeuge sein, denn dafür wird man heute noch verbrannt.

Sie lassen dich allein. So allein lassen sie dich, daß du die Augen aufschlägst und den grünen Himmel siehst, so allein lassen sie dich, daß du zu atmen beginnst, schwer und röchelnd und tief, rasselnd wie eine Ankerkette, wenn sie sich löst. Du bäumst dich auf und schreist nach deiner Mutter. Wie grün der Himmel ist!

»Die Fieberträume lassen nach«, sagt eine Stimme hinter dir, »der Todeskampf beginnt!«

Ach die! Was wissen die?

Geh jetzt! Jetzt ist der Augenblick! Alle sind weggerufen. Geh, eh sie wiederkommen und eh ihr Flüstern wieder laut wird, geh die Stiegen hinunter, an dem Pförtner vorbei, durch den Morgen, der Nacht wird. Die Vögel schreien in der Finsternis, als hätten deine Schmerzen zu jubeln begonnen. Geh nach Hause! Und leg dich in dein eigenes Bett zurück, auch wenn es in den Fugen kracht und noch zerwühlt ist. Da wirst du schneller gesund! Da tobst du nur drei Tage lang gegen dich und trinkst dich satt am grünen Himmel, da stößt du nur drei Tage lang die Suppe weg, die dir die Frau von oben bringt, am vierten nimmst du sie.

Und am siebenten, der der Tag der Ruhe ist, am siebenten gehst du weg. Die Schmerzen jagen dich, den Weg wirst du ja finden. Erst links, dann rechts und wieder links, quer durch die Hafengassen, die so elend sind, daß sie nicht anders können, als zum Meer zu führen. Wenn nur der junge Mann in deiner Nähe wäre, aber der junge Mann ist nicht bei dir, im Sarg warst du viel schöner. Doch jetzt ist dein Gesicht verzerrt von Schmerzen, die Schmerzen haben zu jubeln aufgehört. Und jetzt steht auch der Schweiß wieder auf deiner Stirne, den ganzen Weg lang, nein, im Sarg, da warst du schöner!

Die Kinder spielen mit den Kugeln am Weg. Du läufst in sie hinein, du läufst, als liefst du mit dem Rücken nach vorn, und keines ist dein Kind. Wie soll denn auch eines davon dein Kind sein, wenn du zur Alten gehst, die bei der Kneipe wohnt? Das weiß der ganze Hafen, wovon die Alte ihren Schnaps bezahlt.

Sie steht schon an der Tür. Die Tür ist offen, und sie streckt dir ihre Hand entgegen, die ist schmutzig. Alles ist dort schmutzig. Am Kamin stehen die gelben Blumen, und das sind dieselben, die sie in die Kränze winden, das sind schon wieder dieselben. Und die Alte ist viel zu freundlich. Und die Treppen knarren auch hier. Und die Schiffe heulen, wohin du immer gehst, die heulen überall. Und die Schmerzen schütteln dich, aber du darfst nicht schreien. Die Schiffe dürfen heulen, aber du darfst nicht schreien. Gib der Alten das Geld für den Schnaps! Wenn du ihr erst das Geld gegeben hast, hält sie dir deinen Mund mit beiden Händen zu. Die ist ganz nüchtern von dem vielen Schnaps, die Alte. Die träumt nicht von den Ungeborenen. Die unschuldigen Kinder wagen's nicht, sie bei den Heiligen zu verklagen, und die schuldigen wagen's auch nicht. Aber du – du wagst es!

»Mach mir mein Kind wieder lebendig!«

Das hat noch keine von der Alten verlangt. Aber du verlangst es. Der Spiegel gibt dir Kraft. Der blinde Spiegel mit den Fliegenflecken läßt dich verlangen, was noch keine verlangt hat.

»Mach es lebendig, sonst stoß ich deine gelben Blumen um, sonst kratz ich dir die Augen aus, sonst reiß ich deine Fenster auf und schrei über die Gasse, damit sie hören müssen, was sie wissen, ich schrei – –«

Und da erschrickt die Alte. Und in dem großen Schrecken, in dem blinden Spiegel erfüllt sie deine Bitte. Sie weiß nicht, was sie tut, doch in dem blinden Spiegel gelingt es ihr. Die Angst wird furchtbar, und die Schmerzen beginnen endlich wieder zu jubeln. Und eh du schreist, weißt du das Wiegenlied: Schlaf, Kindlein, schlaf! Und eh du schreist, stürzt dich der Spiegel die finsteren Treppen wieder hinab und läßt dich gehen, laufen läßt er dich. Lauf nicht zu schnell!

Heb lieber deinen Blick vom Boden auf, sonst könnt es sein, daß du da drunten an den Planken um den leeren Bauplatz in einen Mann hineinläufst, in einen jungen Mann, der seine Mütze dreht. Daran erkennst du ihn. Das ist derselbe, der zuletzt an deinem Sarg die Mütze gedreht hat, da ist er schon wieder! Da steht er, als wäre er nie weggewesen, da lehnt er an den Planken. Du fällst in seine Arme. Er hat schon wieder keine Tränen, gib ihm von den deinen. Und nimm Abschied, eh du dich an seinen Arm hängst. Nimm von ihm Abschied! Du wirst es nicht vergessen, wenn er es auch vergißt: Am Anfang nimmt man Abschied. Ehe man miteinander weitergeht, muß man sich an den Planken um den leeren Bauplatz für immer trennen.

Dann geht ihr weiter. Es gibt da einen Weg, der an den Kohlenlagern vorbei zur See führt. Ihr schweigt. Du wartest auf das erste Wort, du läßt es ihm, damit dir nicht das letzte bleibt. Was wird er sagen? Schnell, eh ihr an der See seid, die unvorsichtig macht! Was sagt er? Was ist das erste Wort? Kann es denn so schwer sein, daß es ihn stammeln läßt, daß es ihn zwingt, den Blick zu senken? Oder sind es die Kohlenberge, die über die Planken ragen und ihm Schatten unter die Augen werfen und ihn mit ihrer Schwärze blenden? Das erste Wort – jetzt hat er es gesagt: es ist der Name einer Gasse. So heißt die Gasse, in der die Alte wohnt. Kann denn das sein? Bevor er weiß, daß du das Kind erwartest, nennt er dir schon die Alte, bevor er sagt, daß er dich liebt, nennt er die Alte. Sei ruhig! Er weiß nicht, daß du bei der Alten schon gewesen bist, er kann es auch nicht wissen, er weiß nichts von dem Spiegel. Aber kaum hat er's gesagt, hat er es auch vergessen. Im Spiegel sagt man alles, daß es vergessen sei. Und kaum hast du gesagt, daß du das Kind erwartest, hast du es auch verschwiegen. Der Spiegel spiegelt alles. Die Kohlenberge weichen hinter euch zurück, da seid ihr an der See und seht die weißen Boote wie Fragen an der Grenze eures Blicks, seid still, die See nimmt euch die Antwort aus dem Mund, die See verschlingt, was ihr noch sagen wolltet.

Von da ab geht ihr viele Male den Strand hinauf, als ob ihr ihn hinabgingt, nach Hause, als ob ihr weglieft, und weg, als gingt ihr heim.

Was flüstern die in ihren hellen Hauben? »Das ist der Todeskampf!« Die laßt nur reden.

Eines Tages wird der Himmel blaß genug sein, so blaß, daß seine Blässe glänzen wird. Gibt es denn einen anderen Glanz als den der letzten Blässe?

An diesem Tag spiegelt der blinde Spiegel das verdammte Haus. Verdammt nennen die Leute ein Haus, das abgerissen wird, verdammt nennen sie das, sie wissen es nicht besser. Es soll euch nicht erschrecken. Der Himmel ist jetzt blaß genug. Und wie der Himmel in der Blässe erwartet auch das Haus am Ende der Verdammung die Seligkeit. Vom vielen Lachen kommen leicht die Tränen. Du hast genug geweint. Nimm deinen Kranz zurück. Jetzt wirst du auch die Zöpfe bald wieder lösen dürfen. Alles ist im Spiegel. Und hinter allem, was ihr tut, liegt grün die See. Wenn ihr das Haus verlaßt, liegt sie vor euch. Wenn ihr durch die eingesunkenen Fenster wieder aussteigt, habt ihr vergessen. Im Spiegel tut man alles, daß es vergeben sei.

Von da ab drängt er dich, mit ihm hineinzugehen. Aber in dem Eifer entfernt ihr euch davon und biegt vom Strand ab. Ihr wendet euch nicht um. Und das verdammte Haus bleibt hinter euch zurück. Ihr geht den Fluß hinauf, und euer eigenes Fieber fließt euch entgegen, es fließt an euch vorbei. Gleich läßt sein Drängen nach. Und in demselben Augenblick bist du nicht mehr bereit, ihr werdet scheuer. Das ist die Ebbe, die die See von allen Küsten wegzieht. Sogar die Flüsse sinken zur Zeit der Ebbe. Und drüben auf der anderen Seite lösen die Wipfel endlich die Krone ab. Weiße Schindeldächer schlafen darunter.

Gib acht, jetzt beginnt er bald von der Zukunft zu reden, von den vielen Kindern und vom langen Leben, und seine Wangen brennen vor Eifer. Sie zünden auch die deinen an. Ihr werdet streiten, ob ihr Söhne oder Töchter wollt, und du willst lieber Söhne. Und er wollte sein Dach lieber mit Ziegeln decken, und du willst lieber---, aber da seid ihr den Fluß schon viel zu weit hinauf gegangen. Der Schrecken packt euch. Die Schindeldächer auf der anderen Seite sind verschwunden, da drüben sind nur mehr Auen und feuchte Wiesen. Und hier? Gebt auf den Weg acht. Es dämmert – so nüchtern, wie es nur am Morgen dämmert. Die Zukunft ist vorbei. Die Zukunft ist ein Weg am Fluß, der in die Auen mündet. Geht zurück!

Was soll jetzt werden?

Drei Tage später wagt er nicht mehr, den Arm um deine Schultern zu legen. Wieder drei Tage später fragt er dich, wie du heißt, und du fragst ihn. Nun wißt ihr voneinander nicht einmal mehr die Namen. Und ihr fragt auch nicht mehr. Es ist schöner so. Seid ihr nicht zum Geheimnis geworden?

Jetzt geht ihr endlich wieder schweigsam nebeneinander her. Wenn er dich jetzt noch etwas fragt, so fragt er, ob es regnen wird. Wer kann das wissen? Ihr werdet immer fremder. Von der Zukunft habt ihr schon lange zu reden aufgehört. Ihr seht euch nur mehr selten, aber noch immer seid ihr einander nicht fremd genug. Wartet, seid geduldig. Eines Tages wird es soweit sein. Eines Tages ist er dir so fremd, daß du ihn auf einer finsteren Gasse vor einem offenen Tor zu lieben beginnst. Alles will seine Zeit. Jetzt ist sie da.

»Es dauert nicht mehr lang«, sagen die hinter dir, »es geht zu Ende!«

Was wissen die? Beginnt nicht jetzt erst alles?

Ein Tag wird kommen, da siehst du ihn zum erstenmal. Und er sieht dich. Zum erstenmal, das heißt: Nie wieder. Aber erschreckt nicht! Ihr müßt nicht voneinander Abschied nehmen, das habt ihr längst getan. Wie gut es ist, daß ihr es schon getan habt!

Es wird ein Herbsttag sein, voller Erwartung darauf, daß alle Früchte wieder Blüten werden, wie er schon ist, der Herbst, mit diesem hellen Rauch und mit den Schatten, die wie Splitter zwischen den Schritten liegen, daß du die Füße daran zerschneiden könntest, daß du darüberfällst, wenn du um Äpfel auf den Markt geschickt bist, du fällst vor Hoffnung und vor Fröhlichkeit. Ein junger Mann kommt dir zu Hilfe. Er hat die Jacke nur lose umgeworfen und lächelt und dreht die Mütze und weiß kein Wort zu sagen. Aber ihr seid sehr fröhlich in diesem letzten Licht. Du dankst ihm und wirfst ein wenig den Kopf zurück, und da lösen sich die aufgesteckten Zöpfe und fallen herab. »Ach«, sagt er, »gehst du nicht noch zur Schule?« Er dreht sich um und geht und pfeift ein Lied. So trennt ihr euch, ohne einander nur noch einmal anzuschauen, ganz ohne Schmerz und ohne es zu wissen, daß ihr euch trennt.

Jetzt darfst du wieder mit den kleinen Brüdern spielen, und du darfst mit ihnen den Fluß entlanggehen, den Weg am Fluß unter den Erlen, und drüben sind die weißen Schindeldächer wie immer zwischen den Wipfeln. Was bringt die Zukunft? Keine Söhne. Brüder hat sie dir gebracht, Zöpfe, um sie tanzen zu lassen, Bälle, um zu fliegen. Sei ihr nicht böse, es ist das Beste, was sie hat. Die Schule kann beginnen.

Noch bist du zu wenig groß, noch mußt du auf dem Schulhof während der großen Pause in Reihen gehen und flüstern und erröten und durch die Finger lachen. Aber warte noch ein Jahr, und du darfst wieder über die Schnüre springen und nach den Zweigen haschen, die über die Mauern hängen. Die fremden Sprachen hast du schon gelernt, doch so leicht bleibt es nicht. Deine eigene Sprache ist viel schwerer. Noch schwerer wird es sein, lesen und schreiben zu lernen, doch am schwersten ist es, alles zu vergessen. Und wenn du bei der ersten Prüfung alles wissen mußtest, so darfst du doch am Ende nichts mehr wissen. Wirst du das bestehen? Wirst du still genug sein? Wenn du genug Furcht hast, um den Mund nicht aufzutun, wird alles gut.

Du hängst den blauen Hut, den alle Schulkinder tragen, wieder an den Nagel und verläßt die Schule. Es ist wieder Herbst. Die Blüten sind lange schon zu Knospen geworden, die Knospen zu nichts und nichts wieder zu Früchten. Überall gehen kleine Kinder nach Hause, die ihre Prüfung bestanden haben, wie du. Ihr alle wißt nichts mehr. Du gehst nach Hause, dein Vater erwartet dich, und die kleinen Brüder schreien so laut sie können und zerren an deinem Haar. Du bringst sie zur Ruhe und tröstest deinen Vater.

Bald kommt der Sommer mit den langen Tagen. Bald stirbt deine Mutter. Du und dein Vater, ihr beide holt sie vom Friedhof ab. Drei Tage liegt sie noch zwischen den knisternden Kerzen, wie damals du. Blast alle Kerzen aus, eh sie erwacht! Aber sie riecht das Wachs und hebt sich auf die Arme und klagt leise über die Verschwendung. Dann steht sie auf und wechselt ihre Kleider.

Es ist gut, daß deine Mutter gestorben ist, denn länger hättest du es mit den kleinen Brüdern allein nicht machen können. Doch jetzt ist sie da. Jetzt besorgt sie alles und lehrt dich auch das Spielen noch viel besser, man kann es nie genug gut können. Es ist keine leichte Kunst. Aber das Schwerste ist es noch immer nicht.

Das Schwerste bleibt es doch, das Sprechen zu vergessen und das Gehen zu verlernen, hilflos zu stammeln und auf dem Boden zu kriechen, um zuletzt in Windeln gewickelt zu werden. Das Schwerste bleibt es, alle Zärtlichkeiten zu ertragen und nur mehr zu schauen. Sei geduldig! Bald ist alles gut. Gott weiß den Tag, an dem du schwach genug bist.

Es ist der Tag deiner Geburt. Du kommst zur Welt und schlägst die Augen auf und schließt sie wieder vor dem starken Licht. Das Licht wärmt dir die Glieder, du regst dich in der Sonne, du bist da, du lebst. Dein Vater beugt sich über dich.

»Es ist zu Ende–«, sagen die hinter dir, »sie ist tot!«

Still! Laß sie reden!

Mondgeschichte

Niemand wußte, ob sie die Schönste in ihrem Heimatort war. Man kannte sie dort schon zu lange, um ein Urteil zu wagen. Aber sie war jedenfalls die Schönste ihres Landes, sie war Miß Finnland oder Miß England – wie das Land eben hieß –, und daran zweifelte keiner. Dem Einwand, daß nicht alle Schönen zur Wahl erschienen seien, konnte man entgegenhalten, daß nicht alle Schönen schön genug wären. Wer die Entscheidung fürchtet, fürchtet sie meistens mit Recht, und alle hatten das Recht zu kommen.

Bei der Wahl zur Schönsten des Erdteils fiel dieses Recht weg, hier kamen nur die Schönsten der Länder zusammen. Es fehlte eine einzige, die auf dem Flug dahin abgestürzt war, vielleicht wäre diese eine schöner gewesen, aber die Toten schieden aus, schon deshalb, weil sie kurz nach dem Tode zumeist schöner waren als die Lebendigen. In diesem Augenblick hätten sie ihnen gefährlich werden können. Aber von den Lebendigen war keine schöner als sie, und deshalb wurde sie auch zur Schönsten ihres Erdteils gewählt, sie war jetzt Miß Europa oder Miß Amerika, und die Idee, eine Schönheitskonkurrenz der Erdteile zu veranstalten, lag sehr nahe.

Mit einem Sonderzug und einem Dampfer, den drei Geleitboote begleiteten, wurde sie an den Ort der letzten Wahl gebracht. Jetzt hatten nicht einmal mehr die Schönsten der Länder das Recht zu kommen, sie mußten wie alle anderen Schönen zurückstehen. Die Salutschüsse und der Jubel der Menge auf dem Pier wurden über alle Rundfunkstationen gesendet.

Als sie zur Schönsten der Erde gewählt war, trat eine feierliche Stille ein. Dann sagte die bewegte Stimme des

Sprechers: »Wir stellen Ihnen Miß Erde vor!« Und dann lachte jemand in der Nähe des Mikrophons. In demselben Augenblick sagte der erste Sprecher wieder: »Wir sehen uns gezwungen, die Sendung wegen technischer Störungen zu unterbrechen!«

Die Hörer aller Länder machten sich ihren Reim darauf. Die Schönste der Erde wollte nicht Miß Erde heißen. Sie erklärte, daß sie alle Mühe nicht um einer so lächerlichen Bezeichnung willen auf sich genommen hätte. Denn Miß Erde klang degradierend, es ließ sie an den Garten um ihr Elternhaus denken, an Kraut und Regenwürmer und an die runden, roten Wangen, die sie als Kind gehabt hatte. Wenn es nicht überhaupt an Friedhöfe erinnerte! Sie gab noch an diesem Abend eine Erklärung durch den Rundfunk, die sie nicht weiter begründete. Es schien ihr, daß allen Bewohnern der Erde ohne weiteres klar sein müsse, daß Miß Erde keine Schmeichelei war. Und den meisten war es auch ohne weiteres klar. Das Preisrichterkollegium einigte sich deshalb auf ›Miß Universum‹.

Dagegen machte ein einziger Preisrichter den Einwand geltend, daß man zur Welt auch Sonne, Mond und Sterne zählen müsse und daß niemand sicher wisse, ob nicht doch ein Stern bewohnt sei. Man könne nicht einen Menschen zur ›Miß Universum‹ erklären, ehe er sich nicht mit den Sternenmenschen gemessen habe.

Der Versuch, diesen Einwand als unsinnig abzutun, mißlang. Er erregte zuerst Gelächter, später Unwillen und stürzte zuletzt das Preisrichterkollegium in große Verwirrung. Man konnte schließlich nicht die Milchstraße absuchen. Es ging im Grunde nur um eine Geste, darüber waren sich alle einig – eine Geste an das Weltall –, und man fand diese Geste.

Die Preisrichter beschlossen, die Schönste der Erde der

Form halber auf den Mond zu schießen. Dort sollte sie eine Nacht lang bleiben. Wenn diese Nacht vorüber war und sich niemand gezeigt hatte, war der Form Genüge getan, und sie hieß Miß Universum.

Als es dämmerte, mußte die Polizei Kordons bilden, um dem Auto, worin die Schönste saß, sicheres Geleit zu geben. Auf dem großen Platz, im halben Wind, unter dem hellroten Abendhimmel, auf dem schon der Mond stand, ergriff sie etwas wie Angst, aber sie gab nicht nach.

Die Mondflüge waren damals noch in ihren Anfangsstadien, und die Techniker und Arbeiter, die vorausgeschickt worden waren, um die ersten Landungsplätze zu bauen, beobachteten gespannt das Landen der Rakete. Sie überschlug sich, um den Sturz zu mildern, kam auf und stand still. Sie hoben die Schönste der Erde auf den Mond, und die Preisrichter sprangen nach. Sie schlugen mit den Armen um sich, sagten einige laute und fröhliche Dinge, fragten, wo die Erde sei, und verstummten endlich. Wie große fremde Vögel lehnten sie an einem Gerüst aus leichtem Holz und wunderten sich, daß es in den Fugen sang.

Der Aufenthalt auf dem Mond rief in der Schönsten der Erde die Empfindung großer Einsamkeit hervor. Sie war schon auf Erden zur Zeit des Neumondes Anfällen von Traurigkeit unterworfen gewesen, aber da unten machte der Mondenschein von Nacht zu Nacht alles besser. Sie überdachte, daß es ein einziger Umstand war, der die Einsamkeit hier unerträglich werden ließ: es gab keine Hoffnung, vom Mond den Mond zu sehen. Und das Heer der Sterne tröstete darüber nicht hinweg.

Um sich die Zeit zu vertreiben, ließ sie sich ein wenig auf den Wegen zwischen den Felsen umherführen, aber die

Landschaft war eintönig. Die Preisrichter, ihre Begleiter, erbitterten sie im geheimen. Sie gingen an den Rändern der Krater dahin und ereiferten sich, weil hier nirgends Geländer angebracht waren. Oder sie sprachen von Plänen, die sie für morgen hatten, von Wiedersehensfesten, die sie auf der Erde feiern würden, aber ihre Reden klangen der Schönsten hier nur wie Gestammel sehr alter Männer, wie Erinnerungen, die allen Bemühungen zum Trotz nicht mehr deutlich wurden, wie die Sucht, es hinter sich zu bringen. Sie waren hier überflüssig. Denn, wenn der Mond wirklich unbewohnt ist – und keiner wagt, etwas anderes zu hoffen –, was haben sie dann hier noch zu entscheiden? dachte das Mädchen. Wer ist die Schönste? Ich oder ich? Und wenn ich die Schönste wäre, könnte doch ich sie nicht mehr sein. Plötzlich wechselte ihre Angst in den tiefsten Wunsch hinüber, der Mond möchte bewohnt sein.

Aber je länger sie schwieg, desto eifriger bemühten sich die Preisrichter, sie zu erheitern. Nur der eine, der den Rat gegeben hatte, sie auf den Mond zu schießen, ging voraus und sprach so wenig wie sie. Er erbitterte sie mehr als alle andern, und sie verdächtigte ihn längst, nur seinen Spott mit ihr getrieben zu haben. Er war es auch, der als erster das Unglaubliche bemerkte:

Als sie eben wieder in der Nähe des Landungsplatzes ankamen, kurz nachdem alle Uhren neun Uhr Erdzeit zeigten, eine Zeit, zu der man auf Erden die Abendgesellschaften ansetzte, erschien hinter einem Felsblock in einiger Entfernung ein schwacher Schatten, der sich zögernd fortpflanzte und schon ganz sichtbar noch einmal stillstand.

Die Herren von der Jury hofften, nur wenige Augenblicke lang, daß es vielleicht der Schatten einer Mondgrille sei, eines

Frosches oder eines Arbeiters auf dem Mond, aber es war deutlich der Schatten eines Mädchens mit gelöstem Haar in einem langen Kleid.

Ophelia bog um den Felsen. Sie trug ein weißes Hemd, wie es Kinder zu Weihnachtsvorstellungen über ihre heilen Glieder ziehen, und die Preisrichter sahen auf die Entfernung hin nicht deutlich, ob ihr das helle Mondlicht oder noch immer abströmendes Flußwasser die Linie gab. Vorsichtig wie von Uferstein zu Uferstein setzte sie einen Fuß vor den anderen, und bei jedem Schritt sprühten Tropfen von ihr. Algen und glänzende Wasserlilien schlangen sich um sie und schleiften hinter ihr her – haftende Jugend, Trauer. Wie hohe Bäume Mistelbüsche tragen, Nester ohne Vögel. Aber kommen nicht einmal im Jahr die Pflücker und holen sie von den Bäumen, damit unter Lampen und Türrahmen die Jugend hinüberwechselt?

Ophelia ging, den Kopf leicht gesenkt, die lange Bahn hinauf, beschrieb, ohne aufzuschauen, kleine Bogen um die Raketen und streichelte sie im Vorbeigehen, als ob es Lämmer wären. Sie wäre auch an den Preisrichtern und Arbeitern so vorübergegangen, aber die umringten sie, boten ihr Tee an, der noch von der Erde heiß war, und wollten mit ihr zu Musik aus den Erdsendern tanzen. Sie fragten sie, woher sie käme und wo sie die letzte Zeit verbracht hätte, wie es denn möglich sei, daß ein Mädchen wie sie hier so verlassen lebe – und ähnliche sinnlose Fragen. Und der eine, der geraten hatte, die Schönste der Erde auf den Mond zu schießen, sagte, das hätte er gleich gewußt.

Von Angst ergriffen, rief die Schönste der Erde, daß man nicht einmal Ophelia ohne richtige Wahl zur Schönsten der

Welt erklären könne. Aber damit verriet sie sich. Als sie neben ihr stand, sahen alle, um wieviel schöner Ophelia war. Es wäre sinnlos gewesen, ihre Maße nachzumessen, sie erschienen ja von Atemzug zu Atemzug selbst als das Maß, nach dem die Schönste der Erde nur mühsam gemessen war – allein ihre bloßen Füße unter dem Hemdsaum!

Ophelia selbst war die einzige, die keinen Blick von der Schönsten der Erde abwandte. Und als der erste Preisrichter sich vor ihr verneigte und sie bat, ihren verräterischen Namen abzulegen – sie hieße von heute nacht ab Miß Universum –, erwiderte sie ängstlich, sie könne ihren Namen nicht ablegen, wenn ihn nicht eine andere annehme, ihr nasses Hemd und die Wasserlilien, die daran hafteten, und für sie in der Verbannung bliebe.

Das hieße – rief die Schönste der Erde zornig und schon im Einsteigen begriffen –, sie solle noch als Geschlagene in einem nassen Hemd, mit Wasserpflanzen, die sich bei jedem Schritt um ihre Füße schlängen, allein auf dem Mond bleiben?

Nein – sagte Ophelia und nahm sie bei den Händen –, das hieße – und dann lächelten beide über die ahnungslosen Preisrichter, die nicht wußten, daß der Titel der Miß Universum für immer mit dem Namen Ophelia verknüpft war, mit der Einsamkeit des Gestirns und mit dem Mondlicht, das wie fließendes Wasser über ihrem Gesicht lag. Aber – flüsterte Ophelia der Schönsten der Erde zu – sie würde ihr gerne ihren Namen lassen, wenn sie die Schönste des Weltalls sein wolle, die Algen und das Hemd!

Sie zog sie aus dem Kreis der Preisrichter, und ehe sie Zeit zu überlegen hatte, flogen der Schönsten der Erde die Ranken um Haar und Hals, schon roch sie den süßen Tang, sie ging einige Schritte auf dem brüchigen Stein und hörte das Schleifen der Algen hinter sich, sie ging der kalten, offenen Landschaft entgegen, die ihr Ruhe verhieß – da hörte sie Ophelia hinter sich rufen: »Das Hemd, das Hemd hast du vergessen!« Sie wandte sich um, sie griff seine Kühle und seine milde Feuchtigkeit, aber jetzt sah sie das Gesicht des Preisrichters, von dem alles abhing, über dem ihren. Er sagte: »Du bist schön!« Und er sah sie an.

Sie wunderte sich, wie gleichmütig sie blieb. Das Urteil eines Preisrichters, der nicht wußte, worüber er zu Gericht saß, bewegte sie nicht mehr. Sie warf die Algen ab und bat Ophelia, das Hemd zu behalten, sie schüttelte das Flußwasser, das über sie gesprüht war, aus ihren Kleidern.

Sie war entschlossen, sich auf die Erde zurückschießen zu lassen. Sie wollte noch in dieser Nacht im Rundfunk verkünden, daß sie auf den Titel der Miß Universum unter dieser Bedingung verzichte.

Aber Ophelia begleitete sie an die Rakete. Und als sie, schon im Einsteigen, ihr trauriges Gesicht sah, sprang sie noch einmal ab, umarmte sie und riß dabei eine lange Ranke von ihren Schultern, die an ihr haftenblieb. So nahm sie, ehe sie den Schlag zuklappte und die Abschußvorrichtung löste, eine geringe Last ihrer Verlassenheit mit.

Auf dem Flugplatz umringten sie fremde Gestalten, Blitzlichter flammten auf, ihr Blick suchte den Mond, aber den hatte niemand an die Decke des Krankensaales gemalt.

»Weshalb haben Sie es getan?« fragte die Frau im nächsten Bett und neigte sich zu ihr. »Die haben lange gebraucht, ehe sie das Wasser aus Ihren Lungen brachten!« Und als sie sich daraufhin schlafend stellte, hörte sie eine andere Stimme sagen:

»Still! Und nehmen Sie ihr das Zeug aus den Fingern, daß sie nicht gleich erinnert wird!« Aber sie hielt die Ranke so fest, daß sie aus Furcht, sie zu wecken, nicht daran rührten.

Als sie wieder aufsah, waren die Läden schon geöffnet.

»Warum sind Sie ins Wasser gegangen?« fragte die Neugierige wieder. Das Mädchen dachte an die vielen Preisrichter und an den einen, sie sah sein Gesicht noch einmal, von Flußwasser übersprüht, sie streckte die Arme aus, aber die Tropfen flossen ab. Zurück blieb nur mehr der Mond, der sich zart und deutlich von den Morgenwolken abhob.

»Warum–« begann die Frau ein drittes Mal.

»Weil ich häßlich bin. Ich war für einen nicht schön genug!«

»Ach–« sagte die Frau mitleidig.

Das Mädchen schloß die Augen wieder. Wie sollte sie es ihr erklären, daß es mit der Algenranke ein wenig von der Verlassenheit der Ophelia und ein wenig von der Schönheit besaß, die sich Preisrichtern nicht unterwirft?

Das Fenster-Theater

Die Frau lehnte am Fenster und sah hinüber. Der Wind trieb in leichten Stößen vom Fluß herauf und brachte nichts Neues. Die Frau hatte den starren Blick neugieriger Leute, die unersättlich sind. Es hatte ihr noch niemand den Gefallen getan, vor ihrem Haus niedergefahren zu werden. Außerdem wohnte sie im vorletzten Stock, die Straße lag zu tief unten. Der Lärm rauschte nur mehr leicht herauf. Alles lag zu tief unten. Als sie sich eben vom Fenster abwenden wollte, bemerkte sie, daß der Alte gegenüber Licht angedreht hatte. Da es noch ganz hell war, blieb dieses Licht für sich und machte den merkwürdigen Eindruck, den aufflammende Straßenlaternen unter der Sonne machen. Als hätte einer an seinen Fenstern die Kerzen angesteckt, noch ehe die Prozession die Kirche verlassen hat. Die Frau blieb am Fenster.

Der Alte öffnete und nickte herüber. Meint er mich? dachte die Frau. Die Wohnung über ihr stand leer und unterhalb lag eine Werkstatt, die um diese Zeit schon geschlossen war. Sie bewegte leicht den Kopf. Der Alte nickte wieder. Er griff sich an die Stirne, entdeckte, daß er keinen Hut aufhatte und verschwand im Innern des Zimmers.

Gleich darauf kam er in Hut und Mantel wieder. Er zog den Hut und lächelte. Dann nahm er ein weißes Tuch aus der Tasche und begann zu winken. Erst leicht und dann immer eifriger. Er hing über die Brüstung, daß man Angst bekam, er würde vornüberfallen. Die Frau trat einen Schritt zurück, aber das schien ihn nur zu bestärken. Er ließ das Tuch fallen, löste seinen Schal vom Hals – einen großen bunten Schal – und ließ ihn aus dem Fenster wehen. Dazu lächelte er. Und als sie noch einen weiteren Schritt zurücktrat, warf er den Hut mit einer heftigen Bewegung ab und wand den Schal wie einen Turban um seinen Kopf. Dann kreuzte er die Arme über der Brust und verneigte sich. Sooft er aufsah, kniff er das linke Auge zu, als herrsche zwischen ihnen ein geheimes Einverständnis. Das bereitete ihr so lange Vergnügen, bis sie plötzlich nur mehr seine Beine in dünnen, geflickten Samthosen in die Luft ragen sah. Er stand auf dem Kopf. Als sein Gesicht gerötet, erhitzt und freundlich wieder auftauchte, hatte sie schon die Polizei verständigt.

Und während er, in ein Leintuch gehüllt, abwechselnd an beiden Fenstern erschien, unterschied sie schon drei Gassen weiter über dem Geklingel der Straßenbahnen und dem gedämpften Lärm der Stadt das Hupen des Überfallautos. Denn ihre Erklärung hatte nicht sehr klar und ihre Stimme erregt geklungen. Der alte Mann lachte jetzt, so daß sich sein Gesicht in tiefe Falten legte, streifte dann mit einer vagen Gebärde darüber, wurde ernst, schien das Lachen eine Sekunde lang in der hohlen Hand zu halten und warf es dann hinüber. Erst als der Wagen schon um die Ecke bog, gelang es der Frau, sich von seinem Anblick loßzureißen.

Sie kam atemlos unten an. Eine Menschenmenge hatte sich um den Polizeiwagen gesammelt. Die Polizisten waren abgesprungen, und die Menge kam hinter ihnen und der Frau her. Sobald man die Leute zu verscheuchen suchte, erklärten sie einstimmig, in diesem Haus zu wohnen. Einige davon kamen bis zum letzten Stock mit. Von den Stufen beobachteten sie, wie die Männer, nachdem ihr Klopfen vergeblich blieb und die Glocke allem Anschein nach nicht funktionierte, die Tür aufbrachen. Sie arbeiteten schnell und mit einer Sicherheit, von der jeder Einbrecher lernen konnte. Auch in dem Vorraum, dessen Fenster auf den Hof sahen, zögerten sie nicht eine

Sekunde. Zwei von ihnen zogen die Stiefel aus und schlichen um die Ecke. Es war inzwischen finster geworden. Sie stießen an einen Kleiderständer, gewahrten den Lichtschein am Ende des schmalen Ganges und gingen ihm nach. Die Frau schlich hinter ihnen her.

Als die Tür aufflog, stand der alte Mann mit dem Rücken zu ihnen gewandt noch immer am Fenster. Er hielt ein großes weißes Kissen auf dem Kopf, das er immer wieder abnahm, als bedeutete er jemandem, daß er schlafen wolle. Den Teppich, den er vom Boden genommen hatte, trug er um die Schultern. Da er schwerhörig war, wandte er sich auch nicht um, als die Männer schon knapp hinter ihm standen und die Frau über ihn hinweg in ihr eigenes finsteres Fenster sah.

Die Werkstatt unterhalb war, wie sie angenommen hatte, geschlossen. Aber in die Wohnung oberhalb mußte eine neue Partei eingezogen sein. An eines der erleuchteten Fenster war ein Gitterbett geschoben, in dem aufrecht ein kleiner Knabe stand. Auch er trug sein Kissen auf dem Kopf und die Bettdecke um die Schultern. Er sprang und winkte herüber und krähte vor Jubel. Er lachte, strich mit der Hand über das Gesicht, wurde ernst und schien das Lachen eine Sekunde lang in der hohlen Hand zu halten. Dann warf er es mit aller Kraft den Wachleuten ins Gesicht.

Seegeister

Den Sommer über beachtet man sie wenig oder hält sie für seinesgleichen, und wer den See mit dem Sommer verläßt, wird sie nie erkennen. Erst gegen den Herbst zu beginnen sie, sich deutlicher abzuheben. Wer später kommt oder länger bleibt, wer zuletzt selbst nicht mehr weiß, ob er noch zu den Gästen oder schon zu den Geistern gehört, wird sie unterscheiden. Denn es gibt gerade im frühen Herbst Tage, an denen die Grenzen im Hinüberwechseln noch einmal sehr scharf werden.

Da ist der Mann, der den Motor seines Bootes, kurz bevor er landen wollte, nicht mehr abstellen konnte. Er dachte zunächst, das sei weiter kein Unglück und zum Glück sei der See groß, machte kehrt und fuhr vom Ostufer gegen das Westufer zurück, wo die Berge steil aufsteigen und die großen Hotels stehen. Es war ein schöner Abend, und seine Kinder winkten ihm vom Landungssteg, aber er konnte den Motor noch immer nicht abstellen, tat auch, als wollte er nicht landen, und fuhr wieder gegen das flache Ufer zurück. Hier – zwischen entfernten Segelbooten, Ufern und Schwänen, die sich weit vorgewagt hatten – brach ihm angesichts der Röte, die die untergehende Sonne auf das östliche Ufer warf, zum erstenmal der Schweiß aus den Poren, denn er konnte seinen Motor noch immer nicht abstellen. Er rief seinen Freunden, die auf der Terrasse des Gasthofes beim Kaffee saßen, fröhlich zu, er wolle noch ein wenig weiterfahren, und sie riefen fröhlich zurück, das solle er nur. Als er zum drittenmal kam, rief er, er wolle nur seine Kinder holen, und seinen Kindern rief er zu, er wolle nur seine Freunde holen. Bald darauf waren Freunde und Kinder von beiden Ufern verschwunden, und als er zum viertenmal kam, rief er nichts mehr.

Er hatte entdeckt, daß sein Benzintank leck war, das Benzin war längst ausgelaufen, aber das Seewasser trieb seinen Motor weiter. Er dachte jetzt nicht mehr, das sei weiter kein Unglück und zum Glück sei der See groß. Der letzte Dampfer kam vorbei, und die Leute riefen ihm übermütig zu, aber er antwortete nicht, er dachte jetzt: ›Wenn nur kein Boot mehr käme!‹ Und dann kam auch keins mehr. Die Jachten lagen mit eingezogenen Segeln in den Buchten, und der See spiegelte die Lichter der Hotels. Dichter Nebel begann aufzusteigen, der Mann fuhr kreuz und quer und dann die Ufer entlang, irgendwo schwamm noch ein Mädchen und warf sich den Wellen nach, die sein Boot warf, und ging auch an Land.

Aber er konnte, während er fuhr, den lecken Tank nicht abdichten und fuhr immer weiter. Jetzt erleichterte ihn nur mehr der Gedanke, daß sein Tank doch eines Tages den See ausgeschöpft haben müsse, und er dachte, es sei eine merkwürdige Art des Sinkens, den See aufzusaugen und zuletzt mit seinem Boot auf dem Trockenen zu sitzen. Kurz darauf begann es zu regnen, und er dachte auch das nicht mehr. Als er wieder an dem Haus vorbeikam, vor dem das Mädchen gebadet hatte, sah er, daß hinter einem Fenster noch Licht war, aber uferaufwärts, in den Fenstern, hinter denen seine Kinder schliefen, war es schon dunkel, und als er kurz danach wieder zurückfuhr, hatte auch das Mädchen sein Licht gelöscht. Der Regen ließ nach, aber das tröstete ihn nun nicht mehr.

Am nächsten Morgen wunderten sich seine Freunde, die beim Frühstück auf der Terrasse saßen, daß er schon so früh auf dem Wasser sei. Er rief ihnen fröhlich zu, der Sommer ginge zu Ende, man müsse ihn nützen, und seinen Kindern, die schon am frühen Morgen auf dem Landungssteg standen, sagte er dasselbe. Und als sie am nächsten Morgen eine Rettungsexpedition nach ihm ausschicken wollten, winkte er ab, denn er konnte doch jetzt, nachdem er sich zwei Tage lang auf die Fröhlichkeit hinausgeredet hatte, eine Rettungsexpedition nicht mehr zulassen; vor allem nicht angesichts des Mädchens, das täglich gegen Abend die Wellen erwartete, die sein Boot warf. Am vierten Tag begann er zu fürchten, daß man sich über ihn lustig machen könnte, tröstete sich aber bei dem Gedanken, daß auch dies vorüberginge. Und es ging vorüber.

Seine Freunde verließen, als es kühler wurde, den See, und auch die Kinder kehrten zur Stadt zurück, die Schule begann. Das Motorengeräusch von der Uferstraße ließ nach, jetzt lärmte nur noch sein Boot auf dem Wasser. Der Nebel zwischen Wald und Gebirge wurde täglich dichter, und der Rauch aus den Kaminen blieb in den Wipfeln hängen.

Als letztes verließ das Mädchen den See. Vom Wasser her sah er sie ihre Koffer auf den Wagen laden. Sie warf ihm eine Kußhand zu und dachte: »Wäre er ein Verwunschener, ich wäre länger geblieben, aber er ist mir zu genußsüchtig!«

Bald darauf fuhr er an dieser Stelle mit seinem Boot aus Verzweiflung auf den Schotter. Das Boot wurde längsseits aufgerissen und tankt von nun an Luft. In den Herbstnächten hören es die Einheimischen über ihre Köpfe dahinbrausen.

Oder die Frau, die vergeht, sobald sie ihre Sonnenbrille abnimmt.

Das war nicht immer so. Es gab Zeiten, zu denen sie mitten in der hellen Sonne im Sand spielte, und damals trug sie keine Sonnenbrille. Und es gab Zeiten, zu denen sie die Sonnenbrille trug, sobald ihr die Sonne ins Gesicht schien, und sie abnahm, sobald sie verging – und doch selbst nicht verging. Aber das ist lange vorbei, sie würde, wenn man sie fragte, selbst nicht sagen können, wie lange, und sie würde sich eine solche Frage auch verbitten.

Wahrscheinlich rührt all das Unglück von dem Tag her, an dem sie begann, die Sonnenbrille auch im Schatten nicht abzunehmen, von dieser Autofahrt im Frühsommer, als es plötzlich trüb wurde und jedermann die dunklen Gläser von den Augen nahm, nur sie nicht. Aber man sollte Sonnenbrillen niemals im Schatten tragen, sie rächen sich.

Als sie wenig später während einer Segelfahrt auf der Jacht eines Freundes die Sonnenbrille für einen Augenblick abnahm, fühlte sie sich plötzlich zu nichts werden, Arme und Beine lösten sich im Ostwind auf. Und dieser Ostwind, der die weißen Schaumkämme über den See trieb, hätte sie sicher wie nichts über Bord geweht, wäre sie nicht geistesgegenwärtig genug gewesen, ihre Sonnenbrille sofort wieder aufzusetzen. Derselbe Ostwind brachte aber zum Glück gutes Wetter, Sonne und große Hitze, und so fiel sie während der nächsten Wochen weiter nicht auf. Wenn sie abends tanzte, erklärte sie jedem, der es wissen wollte, sie trüge die Sonnenbrille gegen das starke Licht der Bogenlampen, und bald begannen viele, sie nachzuahmen. Freilich wußte niemand, daß sie die Sonnenbrille auch nachts trug, denn sie schlief bei offenem Fenster und hatte keine Lust, hinausgeweht zu werden oder am nächsten Morgen aufzuwachen und einfach nicht mehr da zu sein.

Als für kurze Zeit trübes Wetter und Regen einsetzte, versuchte sie noch einmal, ihre Sonnenbrille abzunehmen, geriet aber sofort in denselben Zustand der Auflösung, wie das erste Mal, und bemerkte, daß auch der Westwind bereit war, sie davonzutragen. Sie versuchte es daraufhin nie wieder, sondern hielt sich so lange abseits und wartete, bis die Sonne wiederkam. Und die Sonne kam wieder. Sie kam den ganzen Sommer über immer wieder. Dann segelte sie auf den Jachten ihrer Freunde, spielte Tennis oder schwamm auch, mit der Sonnenbrille im Gesicht, ein Stück weit in den See hinaus. Und sie küßte auch den einen oder den anderen und nahm die Sonnenbrille dazu nicht ab. Sie entdeckte, daß sich das meiste auf der Welt auch mit Sonnenbrillen vor den Augen tun ließ. Solange es Sommer war.

Aber nun wird es langsam Herbst. Die meisten ihrer Freunde sind in die Stadt zurückgekehrt, nur einige wenige sind noch geblieben. Und sie selbst – was sollte sie jetzt mit Sonnenbrillen in der Stadt? Hier legt man ihre Not noch als persönliche Note aus, und solange es sonnige Tage gibt und die letzten ihrer Freunde um sie sind, wird sich nichts ändern. Aber der Wind bläst mit jedem Tag stärker, Freunde und sonnige Tage werden mit jedem Tag weniger. Und es ist keine Rede davon, daß sie die Sonnenbrille jemals wieder abnehmen könnte.

Was soll geschehen, wenn es Winter wird?

Da waren auch noch drei Mädchen, die am Heck des Dampfers standen und sich über den einzigen Matrosen lustig machten, den es auf dem Dampfer gab. Sie stiegen am flachen Ufer ein, fuhren an das bergige Ufer hinüber, um dort Kaffee zu trinken, und dann wieder an das flache zurück.

Der Matrose beobachtete vom ersten Augenblick an, wie sie lachten und sich hinter der vorgehaltenen Hand Dinge zuriefen, die er wegen des großen Lärms, den der kleine

Dampfer verursachte, nicht verstehen konnte. Aber er hatte den bestimmten Argwohn, daß es ihn und den Dampfer betraf; und als er von seinem Sitz neben dem Kapitän herunterkletterte, um die Fahrkarten zu markieren, und dabei in die Nähe der Mädchen kam, wuchs ihre Heiterkeit, so daß er seinen Argwohn bestätigt fand. Er fuhr sie an und fragte sie nach ihren Karten, aber sie hatten sie leider schon genommen, und so blieb ihm nichts anderes übrig, als die Karten zu markieren. Dabei fragte ihn eines der Mädchen, ob er auch den Winter über keine andere Beschäftigung hätte, und er antwortete: »Nein.« Gleich darauf begannen sie wieder zu lachen.

Aber von da ab hatte er die Empfindung, seine Mütze hätte das Schild verloren, und es fiel ihm schwer, den Rest der Karten zu markieren. Er kletterte zum Kapitän zurück, nahm aber diesmal nicht die Kinder der Ausflügler vom Verdeck mit hinauf, wie er es sonst tat. Und er sah den See grün und ruhig unten liegen, und er sah den scharfen Einschnitt des Bugs – schärfer konnte auch ein Ozeanriese nicht die See durchschneiden –, aber das beruhigte ihn heute nicht. Vielmehr erbitterte ihn die Tafel mit der Aufschrift »Achtung auf den Kopf!«, die über dem Eingang zu den Kabinen angebracht war, und der schwarze Rauch, der aus dem Kamin bis zum Heck wehte und die flatternde Fahne schwärzte, als hätte er die Schuld daran.

Nein, er tat auch im Winter nichts anderes. Weshalb denn der Dampfer auch im Winter verkehre, fragten sie ihn, als er wieder in ihre Nähe kam. »Wegen der Post!« sagte er. In einem lichten Augenblick sah er sie dann ruhig miteinander sprechen, und das tröstete ihn für eine Weile; aber als der Dampfer anlegte und er die Seilschlinge über den Pflock auf dem kleinen

Steg warf, begannen sie, obwohl er den Pflock haargenau getroffen hatte, wieder zu lachen und konnten sich, solange er sie sah, nicht mehr beruhigen.

Eine Stunde später stiegen sie wieder ein, aber der Himmel hatte sich inzwischen verdüstert, und als sie in der Mitte des Sees waren, brach das Gewitter los. Das Boot begann zu schaukeln, und der Matrose ergriff die Gelegenheit beim Schopf, um den Mädchen zu zeigen, was er wert war. Er kletterte in seiner Ölhaut öfter als nötig über das Geländer und außen herum und wieder zurück. Dabei glitt er, da es inzwischen immer stärker regnete, auf dem nassen Holz aus und fiel in den See. Und weil er mit den Matrosen der Ozeandampfer gemeinsam hatte, daß er nicht schwimmen konnte, und der See mit der See, daß es sich darin ertrinken ließ, ertrank er auch.

Er ruht in Frieden, wie es auf seinem Grabstein steht, denn man zog ihn heraus. Aber die drei Mädchen fahren immer noch auf dem Dampfer und stehen am Heck und lachen hinter der vorgehaltenen Hand. Wer sie sieht, sollte sich von ihnen nicht beirren lassen. Es sind immer dieselben.

Wo ich wohne

Ich wohne seit gestern einen Stock tiefer. Ich will es nicht laut sagen, aber ich wohne tiefer. Ich will es deshalb nicht laut sagen, weil ich nicht übersiedelt bin. Ich kam gestern abends aus dem Konzert nach Hause, wie gewöhnlich Samstag abends, und ging die Treppe hinauf, nachdem ich vorher das Tor aufgesperrt und auf den Lichtknopf gedrückt hatte. Ich ging ahnungslos die Treppe hinauf – der Lift ist seit dem Krieg nicht in Betrieb –, und als ich im dritten Stock angelangt war, dachte ich: »Ich wollte, ich wäre schon hier!« und lehnte mich für einen Augenblick an die Wand neben der Lifttür. Gewöhnlich überfällt mich im dritten Stock eine Art von Erschöpfung, die manchmal so weit führt, daß ich denke, ich müßte schon vier Treppen gegangen sein. Aber das dachte ich diesmal nicht, ich wußte, daß ich noch ein Stockwerk über mir hatte. Ich öffnete deshalb die Augen wieder, um die letzte Treppe hinaufzugehen, und sah in demselben Augenblick mein Namensschild an der Tür links vom Lift. Hatte ich mich doch geirrt und war schon vier Treppen gegangen? Ich wollte auf die Tafel schauen, die das Stockwerk bezeichnete, aber gerade da ging das Licht aus.

Da der Lichtknopf auf der anderen Seite des Flurs ist, ging ich die zwei Schritte bis zu meiner Tür im Dunkeln und sperrte auf. Bis zu meiner Tür? Aber welche Tür sollte es denn sein, wenn mein Name daran stand? Ich mußte eben doch schon vier Treppen gegangen sein.

Die Tür öffnete sich auch gleich ohne Widerstand, ich fand den Schalter und stand in dem erleuchteten Vorzimmer, in meinem Vorzimmer, und alles war wie sonst: die roten Tapeten, die ich längst hatte wechseln wollen, und die Bank, die daran gerückt war, und links der Gang zur Küche. Alles war wie sonst. In der Küche lag das Brot, das ich zum Abendessen nicht mehr gegessen hatte, noch in der Brotdose. Es war alles unverändert. Ich schnitt ein Stück Brot ab und begann zu essen, erinnerte mich aber plötzlich, daß ich die Tür zum Flur nicht geschlossen hatte, als ich hereingekommen war, und ging ins Vorzimmer zurück, um sie zu schließen.

Dabei sah ich in dem Licht, das aus dem Vorzimmer auf den Flur fiel, die Tafel, die das Stockwerk bezeichnete. Dort stand: Dritter Stock. Ich lief hinaus, drückte auf den Lichtknopf und las es noch einmal. Dann las ich die Namensschilder auf den übrigen Türen. Es waren die Namen der Leute, die bisher unter mir gewohnt hatten. Ich wollte dann die Stiegen hinaufgehen, um mich zu überzeugen, wer nun neben den Leuten wohnte, die bisher neben mir gewohnt hatten, ob nun wirklich der Arzt, der bisher unter mir gewohnt hatte, über mir wohnte, fühlte mich aber plötzlich so schwach, daß ich zu Bett gehen mußte.

Seither liege ich wach und denke darüber nach, was morgen werden soll. Von Zeit zu Zeit bin ich immer noch verlockt, aufzustehen und hinaufzugehen und mir Gewißheit zu verschaffen. Aber ich fühle mich zu schwach, und es könnte auch sein, daß von dem Licht im Flur da oben einer erwachte und herauskäme und mich fragte: »Was suchen Sie hier?« Und diese Frage, von einem meiner bisherigen Nachbarn gestellt, fürchte ich so sehr, daß ich lieber liegen bleibe, obwohl ich weiß, daß es bei Tageslicht noch schwerer sein wird, hinaufzugehen.

Nebenan höre ich die Atemzüge des Studenten, der bei mir wohnt; er ist Schiffsbaustudent, und er atmet tief und gleichmäßig. Er hat keine Ahnung von dem, was geschehen ist. Er hat keine Ahnung, und ich liege hier wach. Ich frage mich, ob ich ihn morgen fragen werde. Er geht wenig aus, und wahrscheinlich ist er zu Hause gewesen, während ich im

Konzert war. Er müßte es wissen. Vielleicht frage ich auch die Aufräumefrau.

Nein. Ich werde es nicht tun. Wie sollte ich denn jemanden fragen, der mich nicht fragt? Wie sollte ich auf ihn zugehen und ihm sagen: »Wissen Sie vielleicht, ob ich nicht gestern noch eine Treppe höher wohnte?« Und was soll er darauf sagen? Meine Hoffnung bleibt, daß mich jemand fragen wird, daß mich morgen jemand fragen wird: »Verzeihen Sie, aber wohnten Sie nicht gestern noch einen Stock höher?« Aber wie ich meine Aufräumefrau kenne, wird sie nicht fragen. Oder einer meiner früheren Nachbarn: »Wohnten Sie nicht gestern noch neben uns?« Oder einer meiner neuen Nachbarn. Aber wie ich sie kenne, werden sie alle nicht fragen. Und dann bleibt mir nichts übrig, als so zu tun, als hätte ich mein Leben lang schon einen Stock tiefer gewohnt.

Ich frage mich, was geschehen wäre, wenn ich das Konzert gelassen hätte. Aber diese Frage ist von heute an ebenso müßig geworden wie alle anderen Fragen. Ich will einzuschlafen versuchen.

Ich wohne jetzt im Keller. Es hat den Vorteil, daß meine Aufräumefrau sich nicht mehr um die Kohlen hinunterbemühen muß, wir haben sie nebenan, und sie scheint ganz zufrieden damit. Ich habe sie im Verdacht, daß sie deshalb nicht fragt, weil es ihr so angenehmer ist. Mit dem Aufräumen hat sie es niemals allzu genau genommen; hier erst recht nicht. Es wäre lächerlich, von ihr zu verlangen, daß sie den Kohlenstaub stündlich von den Möbeln fegt. Sie ist zufrieden, ich sehe es ihr an. Und der Student läuft täglich pfeifend die Kellertreppe hinauf und kommt abends wieder. Nachts höre ich ihn tief und regelmäßig atmen. Ich wollte, er brächte eines Tages ein Mädchen mit, dem es auffällig erschiene, daß er im Keller wohnt, aber er bringt kein Mädchen mit.

Und auch sonst fragt niemand. Die Kohlenmänner, die ihre Lasten mit lautem Gepolter links und rechts in den Kellern abladen, ziehen die Mützen und grüßen, wenn ich ihnen auf der Treppe begegne. Oft nehmen sie die Säcke ab und bleiben stehen, bis ich an ihnen vorbei bin. Auch der Hausbesorger grüßt freundlich, wenn er mich sieht, ehe ich zum Tor hinausgehe. Ich dachte zuerst einen Augenblick lang, daß er freundlicher grüße als bisher, aber es war eine Einbildung. Es erscheint einem manches freundlicher, wenn man aus dem Keller steigt.

Auf der Straße bleibe ich stehen und reinige meinen Mantel vom Kohlenstaub, aber es bleibt nur wenig daran haften. Es ist auch mein Wintermantel, und er ist dunkel. In der Straßenbahn überrascht es mich, daß der Schaffner mich behandelt wie die übrigen Fahrgäste und niemand von mir abrückt. Ich frage mich, wie es sein soll, wenn ich im Kanal wohnen werde. Denn ich mache mich langsam mit diesem Gedanken vertraut.

Seit ich im Keller wohne, geh ich auch an manchen Abenden wieder ins Konzert. Meist samstags, aber auch öfter unter der Woche. Ich konnte es schließlich auch dadurch, daß ich nicht ging, nicht hindern, daß ich eines Tages im Keller war. Ich wundere mich jetzt manchmal über meine Selbstvorwürfe, über all die Dinge, mit denen ich diesen Abstieg zu Beginn in Beziehung brachte. Zu Beginn dachte ich immer: »Wäre ich nur nicht ins Konzert gegangen oder hinüber auf das Glas Wein!« Das denke ich jetzt nicht mehr. Seit ich im Keller bin, bin ich ganz beruhigt und gehe um Wein, sobald ich danach Lust habe.

Es wäre sinnlos, die Dämpfe im Kanal zu fürchten, denn dann müßte ich ja ebenso das Feuer im Innern der Erde zu fürchten beginnen – es gibt zu vieles, wovor ich Furcht haben müßte. Und selbst wenn ich immer zu Hause bliebe und keinen Schritt mehr auf die Gasse täte, wäre ich eines Tages im Kanal.

Ich frage mich nur, was meine Aufräumefrau dazu sagen wird. Es würde sie jedenfalls auch des Lüftens entheben. Und der Student stiege pfeifend durch die Kanalluken hinauf und wieder hinunter. Ich frage mich auch, wie es dann mit dem Konzert sein soll und mit dem Glas Wein. Und wenn es dem Studenten gerade dann einfiele, ein Mädchen mitzubringen? Ich frage mich, ob meine Zimmer auch im Kanal noch dieselben sein werden. Bisher sind sie es, aber im Kanal hört das Haus auf. Und ich kann mir nicht denken, daß die Einteilung in Zimmer und Küche und Salon und Zimmer des Studenten bis ins Erdinnere geht.

Aber bisher ist alles unverändert. Die rote Wandbespannung und die Truhe davor, der Gang zur Küche, jedes Bild an der Wand, die alten Klubsessel und die Bücherregale – jedes Buch darinnen. Draußen die Brotdose und die Vorhänge an den Fenstern.

Die Fenster allerdings, die Fenster sind verändert. Aber um diese Zeit hielt ich mich meistens in der Küche auf, und das Küchenfenster ging seit jeher auf den Flur. Es war immer vergittert. Ich habe keinen Grund, deshalb zum Hausbesorger zu gehen, und noch weniger wegen des veränderten Blicks. Er könnte mir mit Recht sagen, daß ein Blick nicht zur Wohnung gehöre, die Miete beziehe sich auf die Größe, aber nicht auf den Blick. Er könnte mir sagen, daß mein Blick meine Sache sei.

Und ich gehe auch nicht zu ihm, ich bin froh, solange er

freundlich ist. Das einzige, was ich einwenden könnte, wäre vielleicht, daß die Fenster um die Hälfte kleiner sind. Aber da könnte er mir wiederum entgegnen, daß es im Keller nicht anders möglich sei. Und darauf wüßte ich keine Antwort. Ich könnte ja nicht sagen, daß ich es nicht gewohnt bin, weil ich noch vor kurzem im vierten Stock gewohnt habe. Da hätte ich mich schon im dritten Stock beschweren müssen. Jetzt ist es zu spät.

Rede unter dem Galgen

Geh weg! Was soll die Eile, wie viele hängst du heute? Bin ich nicht der letzte? Und dann? Was hast du vor, daß du so eilen mußt – legst du dich nieder? Ich auch, Bruder, ich auch, wir legen uns beide nieder. Daß du mir nachher nicht in meinem Traum erscheinst, du siehst so ängstlich aus, ich könnt erschrecken und wäre früher wach als du. Geh weg mit deinem Strick!

Und ihr da unten? Um welche Ecken hat euch der sanfte Morgenwind geblasen? Ihr solltet auch nicht um die Milch gehen, wenn es so windig ist, die Sanftmut täuscht. Bin ich nicht auch nur um die Milch gegangen, als mich die Mutter schickte? Aber ich bin zufrieden, ihr nicht?

Ihr steht zu sehr im Schatten, da unten in dem Hof ist es so finster. Kommt doch zu mir herauf, damit ihr seht, wie farbig eure eigenen Röcke sind, wie grell das Weiß von euren Blusen leuchtet – wie Feuer – soviel Unschuld erträgt der Himmel nicht! Kommt doch zu mir, daß eure Wangen röter brennen, und wartet nicht, bis erst die Sonne, vom Schweiß erstickt, in alle eure Winkel kriecht. Hier oben ist sie früher. Hier ist ihr Lachen ehrlich und ihre Glut noch kühl, hier spielt sie mit dem Wind, bevor sie ihn erstickt, hier ist er noch ihr Bruder, und ich sage euch: Hier weht die Sonne noch, hier glänzt die Luft. Und ist es auch der letzte Tag, so ist's die erste Stunde!

Laßt eure Kinder schreien, kommt herauf! Steht nicht so still da unten, starrt nicht so gierig her zu mir, Höfe und Scheunen hab ich angezündet, damit ich hier auf diese Bretter darf, und viele Nächte lang bin ich allein gewesen, in jeder so allein wie auf dem Grund der See, auf den kein Funken mehr von meinem eigenen Feuer fällt. Und ihr? Habt ihr gemordet? Nein! Habt ihr gebrannt, gestohlen? Nichts? Das glaub ich nicht, weshalb müßt ihr dann sterben, wenn ihr sterben müßt? Ich weiß, warum ich sterben muß, kommt doch herauf zu mir!

Ihr wollt noch immer nicht? Aber ich sage euch, die Bretter biegen sich, wenn ihr nur tanzen wollt, und alle Stricke geben nach, wenn man erst eure Leiber von den Galgen schneidet. Und früh am Abend schreien schon die Krähen eure Träume über alle Höfe, habt ihr keine Lust? Will keiner von euch wissen, weshalb er stirbt? Habt ihr gebrannt vor der Geburt, daß ihr zum Tod geboren seid? Gebt ihr's dann zu, daß eure Mütter euch schon in den Wehen das Ende leichter machen? Ihr gebt mir keine Antwort. Ihr steht so still da unten, als wärt ihr schon gehängt, als wärt ihr nur so viele, daß ihr enger steht und eure eigenen Leichen sich nicht zu Tode fallen. Bewegt euch doch!

Habt ihr die Milch vergessen? Eure Kinder schreien, geht nach Hause, sonst könnt es sein, daß eins ein Feuer macht, bevor's noch alt genug ist, um gehängt zu werden. Weint alle Lüsternheit aus euren Augen, damit sie nicht erschrecken. Seid ihr so gierig nach dem Schweigen, das mich erwartet? Versucht es doch, an eurem eigenen Hunger satt zu werden, geht heim, zerrt eure Schatten weiter!

Wieviele Jahre habt ihr noch zu leben? Wieviele Tage und wieviele Stunden? Viele, viele – wieviele noch? Ich will euch helfen. Darf ich euch aus den Fäusten lesen, darf ich die Kreuze auf euren Stirnen zählen? Ihr Mörder, die ihr nie gemordet habt, ihr Brandstifter, die ihr nicht brennt, ihr Diebe, die ihr es nicht wagt, zu stehlen – still! Wie lange lebst du noch, da unten, du, der links von dir, dich mein ich – wieviele Jahre hast du noch zu leben? Du weißt es nicht, soll ich dir's sagen? Eins! Und jetzt der rechts, wieviele Stunden? Eine! Und der daneben – wieviele Augenblicke? Einen, sag ich dir! Ihr glaubt mir's nicht? So schwör ich's bei dem Boden, der mir unter den Füßen weggezogen wird, und bei der Luft, die viel zu hell ist, als daß ich sie noch lang in meine finsteren Lungen saugen will, und bei dem Himmel, der sich unter meine Sohlen legt, wenn erst die Bretter weichen: Keiner von euch lebt nur um einen halben Vogelschrei länger als ich, keiner von euch lebt länger als noch einen Augenblick.

Versucht es doch, geht heim, setzt eure Füße voreinander, so oft ihr wollt – es bleibt doch jeder Schritt der letzte, den ihr eben tut, und jede Handvoll Luft die letzte, die ihr atmet, und jedes Mal, wenn ihr die heißen Köpfe von den Polstern hebt, ist es das letzte Mal. Zählt, zählt, es wird nicht mehr, macht, was ihr wollt, es bleibt doch eins in diesem hellen Licht, das nur der Abschied schenkt, in diesem Licht, das euch erst sichtbar macht und euch in eure Grenzen hebt wie in ein Maß und immer neu erschafft.

Ist's nicht ein Henkersmahl vor jeder Nacht, wenn ihr zu Abend eßt? Und zeugt ihr nicht das Ende in euren Söhnen? Darum liebt ihr sie: Weil sie verurteilt sind wie ich, weil nur aus ihren Schatten der feste Boden wird.

Wo wäret ihr denn, wenn ihr kein Ende hättet? Wo? Nirgends wärt ihr, denn euer eigenes Ende hat euch geschaffen, wie mich der Strick um meinen Hals – wart Bruder, warte noch! Laß mich zu Ende reden, laß mich das Ende preisen in dieser hellen Früh! Laß mich dich lieben, Bruder mit dem ängstlichen Gesicht, die Angst ist's, die dein Grinsen Ehrfurcht werden läßt, das Licht vor allem Abschied, denn, bevor du warst, war schon dein Ende, Bruder. Und hat dich wachsen lassen, hat dich geborgen und gehütet und genährt, hat dich geliebt und deine Lügen wahr gemacht und macht sie heut noch wahr und liebt dich immer noch und birgt dich, hütet dich, und fiel es ab von dir, so wärst du nicht! So aber bist du, bist, weil du vergehst, weil du gewesen bist, drum wirst du sein, und weil das Ende nie ein Ende hat, so hast auch du kein Ende. Drum häng noch viele, Bruder, näh Flicken auf zerrissene Sohlen oder schreibe Verse – wie vergeblich wärst du, wenn nicht alles, was du tust, vergeblich wäre! Ging denn die Sonne auf, wenn sie nicht unterging? Laß mich dich lieben, Bruder, laß mich mein Ende lieben, das mich lebendig macht, das erst die weißen Tauben weiß sein läßt – seht ihr die weißen Tauben? Auch ihr da unten, eh ihr eure Köpfe dreht, sind sie vorbei. Mein Kopf ist schneller, meiner dreht sich leichter, nehmt doch den Strick um eure Hälse, daß ihr die weißen Tauben fliegen seht, den Wind, der sichtbar wird! Daß euch die roten Rosen röter leuchten, die grünen Blätter grüner – daß ihr die Früchte allemal für einmal sät und daß ihr erntet ein für allemal. Laßt mich jetzt ernten, Brüder, laßt mich den Himmel ernten, der nirgends höher ist als über Galgenhöfen. Die Tauben steigen, sobald die Krähen niederstürzen, die Nacht erlischt, mir bleibt der blanke Morgen, so blank wie ein Stück Gold, das ich nicht tauschen will. Ich will kein Haus dafür und keine Felder, nicht einen Abend will ich für diese Früh.

Es eilt. Schon kriecht die Sonne das Gebälk hinunter und drängt sich zwischen euch und macht sich billig, fällt tief und tiefer, steigt, fällt und will sich wehren, steigt höher und fällt durch ihr eigenes Steigen nur immer tiefer über euch, bis sie am hohen Mittag erst erkennt, daß nur ihr eigener Fall sie wieder aus dem Staub reißt, daß sie erst sinken muß, um über ihre eigenen Schatten den Himmel wieder zu erreichen – doch solang wart ich nicht. Mich soll das Licht nicht brennen, mir soll es nie mehr den Schweiß aus allen Poren treiben. Stoßt jetzt die Bretter unter meinen Füßen weg und geht! Was steht ihr noch und reißt mir meine Lippen mit eurem Gaffen wund? Verbrannt hab ich, was nicht das meine war, ein Lied hab ich gesungen, das nicht von mir ist, drum vergeßt mich, hört ihr – ich will in eurer Erinnerung nicht bleiben, sie langt mir nicht, sie fließt nicht über, läßt mich nicht auferstehen, im Lallen eurer Enkel will ich nicht leben – nein – und will doch leben, drum vergeßt, laßt mir das Fleisch von meinen Knochen faulen, damit sie leuchten können, leben will ich!

Schnell, zieh den Strick noch enger, damit's mich nie mehr nach dem Schweiß gelüstet und nach dem Schrecken in der halben Nacht. Daß es mich nicht verlangt, noch einmal durch das Tor zu gehen, mit euch zu gehen, nein, das Land ist hier! Die hellsten Felder wachsen aus dem Abschied, die tiefsten Wälder treiben aus dem Galgenholz.

So glaubt mir doch, kommt her zu mir, laßt euch nur lieben, Brüder, von einem, den ihr nicht mehr täuschen könnt, von einem, der es wagt, euch, wie ihr seid, in seinen Schlaf zu nehmen. Kommt, kommt, bewegt euch endlich und reißt die Gasse für euch selber auf, Platz für den Boten, den der König schickt!

Platz für den Boten – still, äfft mich nicht nach –, Platz, Platz – für wen? Was willst du, Bruder? Willst du mich höhnen, daß du tust, worum ich bitte? Was bringst du mir, was hältst du in den leeren Händen? Sprich – nein, sag nichts, laß mein Gelächter nie zu Tränen werden und meine Tränen nie mehr zum Gelächter. Laß deinen eigenen Atem das Wort erdrosseln, das du sagen willst. An deinen irren Augen seh ich, was du bringst: Heißt nicht dein Urteil Gnade? Ich soll leben?

Geh zurück! Sag dem, der dich zu mir schickt, ich will's nicht wissen. Ich hab's verlernt, dem Land die Furcht zu glauben, dem Mond sein Licht, dem Frieden seine Ruh. Sag ihm, ich ließ mich nicht zu seinem Narren machen, Burgen aus nassem Sand will ich nicht für ihn bauen, die Flut an seinen Küsten ist mir zu stark geworden. Und auf der Ebbe, die sie gnädig schenkt, pflanz ich den Hafer nicht. Sag ihm, sein Land läg da, wo seine Flut für einen Augenblick zurückgewichen wär, und wenn ich alle Scheunen verbrennen würde, so könnt das Licht nicht reichen, wenn sie erst wiederkommt. Sag ihm, ich wollte lieber mit offenen Augen schlafen gehen als mit geschlossenen wachen, ich wär den König suchen gegangen, der keine Narren braucht. Die Engel lachen nicht, drum geh, steh nicht, als wolltest du mich spiegeln!

Wer bist du? Bist du Verlassenheit, aus der die Gier sich immer wieder zeugt? Zu dürftig bist du, als daß du mir noch einmal schenken könntest, was ich nicht verlange, die Gier aus der Verlassenheit will ich nicht sein! Heb nicht so lässig deine Schultern, sag meinem Henker lieber, daß er mich hängen soll, damit ich hier verschwinde, damit du endlich wieder zu dir selber reden kannst, sag ihm – wo ist er hin? Wo ist mein Henker?

Mein Henker ist gegangen, wie ein Dieb ist er gegangen und hat den Strick von meinem Hals gestohlen, ruft ihn zurück! Den Strick soll er mir wiedergeben, den roten Striemen darf er mir nicht nehmen, bevor ich ihn noch habe, die bloße Armut darf mir keiner aus den Händen winden!

Bleibt, bleibt, schleicht euch nicht weg! Laßt mich jetzt nicht allein in der geschenkten Trauer, im Schein der Gnade, die kein Erbarmen hat. Zum zweitenmal bin ich zurückgestoßen in das Verlangen, das ich nicht verlangte, noch immer hat der Himmel mich nicht für leicht genug befunden, daß ich den Boden unter meinen Füßen verlieren darf, weiter muß ich auf Steinen gehen, auf dieser Erde, die mich nicht fest genug an sich zieht, als daß ich in ihr ruhen könnte, und mich doch nicht zu anderen Sternen läßt! Zum zweitenmal bin ich zur Welt gekommen, wer säugt mich jetzt, wer sagt mir jetzt noch einmal, der Mond wäre eine Lampe, der Himmel wäre ein Zelt? Wer lehrt mich, der ich nur das Meer um alle Felsen kenne, dem Fels im Meer zu trauen?

Laßt mich jetzt nicht allein, nehmt mich mit euch! Sagte ich nicht, als noch die Schlinge um meinen Hals gelegt war, daß euer Leben nicht länger als das meine sei? Sagte ich nicht, daß jeder eurer Schritte der letzte bliebe?

So bleiben es auch die meinen, wenn ich mit euch gehe. So hebt die Gnade nicht das Urteil auf, das Urteil nicht die Gnade, so ragt das Holz nicht nutzlos, so wirft es seinen Schatten über uns alle und teilt den Schein der Lichter, wo er ruht.

Flieht nicht vor mir, habt keine Angst, daß ich noch einmal Feuer an eure Ernte lege – sie wird zu Licht und Asche auch ohne mich! Ich will es ruhig erwarten.

Ich will den Hafer im Sand der Ebbe säen und in verbrannte Scheunen ernten, und ich will Burgen bauen, der Flut zum Fraß. Ich will ein Narr für meinen König sein, ich will in seinen traurigen Gärten lustwandeln, ich will geborgen sein in seiner Flucht. Ich will die Segel spannen in der stillen Luft, will meinen Pflug durch alle Sümpfe treiben. Ich will auf morgen warten, das heute ist, und meine Söhne dürfen mich verlassen. Ich will die Mütze ziehen, wenn die gefangenen Klöppel in den Glocken toben, und meiner Wege gehen, als ging ich heim.

Ob er das Zelt oder das Feuer ist, an dem das Zelt verbrennt, ich will den Himmel ernten, der verheißen ist.

Anhang

Editorische Nachbemerkung

Im Herbst 1947 hatte Ilse Aichinger ihren Roman *Die größere Hoffnung* (Bermann-Fischer 1948) beendet. Anfang 1948 hat sie eine sprachlich und strukturell völlig andersgeartete Erzählung zu schreiben begonnen, die sie vier Jahre später, nach der Lesung bei der ›Gruppe 47‹ in Niendorf an der Ostsee 1952, berühmt machen sollte: die *Spiegelgeschichte*. Während der mehr als eineinhalbjährigen Arbeit an dieser Geschichte sind Erzählungen wie *Das Plakat, Das Fenster-Theater, Der Hauslehrer* und *Engel in der Nacht* entstanden.

Durch einen Hinweis in Hans Weigels Erinnerungs-Buch *In memoriam* (Graz 1979, S. 19) war es möglich, erstmals die Erstdrucke einiger früher Erzählungen Ilse Aichingers aufzufinden: Sie sind in der ›Wiener Tageszeitung‹ 1949 erschienen, die *Spiegelgeschichte* kurioserweise sogar in drei Fortsetzungen (s. Bibliographische Hinweise).

Eine erste Sammlung in Buchform ist 1952 in einer von Hans Weigel herausgegebenen, durch das Entgegenkommen von Gottfried und Brigitte Bermann Fischer ermöglichten, Ausgabe in Österreich erschienen (*Rede unter dem Galgen.* Erzählungen, mit Illustrationen von Hans Fronius. Wien: Jungbrunnenverlag 1952). Diese Sammlung enthält, mit Ausnahme der Erzählungen *Seegeister, Das Fenster-Theater* und *Der Gefesselte,* bereits alle Texte des im Jahr darauf bei S. Fischer erschienenen Bandes *Der Gefesselte.*

Der Band *Rede unter dem Galgen* enthält aber auch noch eine *Vorrede* Ilse Aichingers: ein kurzer Text, der erstmals eine für die frühen Erzählungen grundlegende Poetologie entwickelt. Diese wichtige Äußerung wird auch der hier vorliegenden Ausgabe der Erzählungen vorangestellt, unter dem von Ilse Aichinger gegenüber dem Erstdruck leicht abgeänderten Titel *Das Erzählen in dieser Zeit.*

Die Edition folgt im übrigen der Anordnung des Bandes *Der Gefesselte,* Erzählungen (S. Fischer 1953), mit einer Ausnahme: Die Erzählung *Wo ich wohne* ist erstmals 1963 in Buchform erschienen (in *Wo ich wohne,* Erzählungen, Dialoge, Gedichte. S. Fischer 1963, S. 55–59). Entstanden ist diese Erzählung aber schon ein Jahrzehnt zuvor, nämlich Ende 1952 / Anfang 1953, kurz nach Abschluß des Bandes *Der Gefesselte.* Auch in ihrem logisch-präzisen Aufbau reiht sich *Wo ich wohne* in den Duktus der frühen

Erzählungen ein. Deshalb scheint es sinnvoll, diesen Text in den Band *Der Gefesselte* einzuordnen.

Die Komposition des Bandes *Der Gefesselte* von 1953 zeichnet sich aber durch die strukturelle Klammer zwischen der ersten und der letzten Erzählung *(Der Gefesselte – Rede unter dem Galgen)* aus. Diese Kreisstruktur sollte nicht zerstört werden. Deshalb steht die Erzählung *Wo ich wohne* nicht am Schluß des vorliegenden Bandes, sondern ist vor *Rede unter dem Galgen* eingereiht worden.

Als Textgrundlage der Ausgabe dienen die bisherigen Buchausgaben. Die vom Duden häufig abweichende Zeichensetzung ist von Ilse Aichinger gesondert noch einmal überprüft worden. An wenigen Stellen (S. 56, 65, 96, 97) hat Ilse Aichinger sprachliche Korrekturen angebracht. Leider sind die zwischen 1948 und 1952/1953 entstandenen Erzählungen im Manuskript nicht auffindbar. Die Datierung orientiert sich deshalb an den Erstdrucken und an Angaben Ilse Aichingers in einer chronologisch aufreihenden Liste aus den siebziger Jahren.

Bibliographische Hinweise

Abkürzungen

Galgen 1952	*Rede unter dem Galgen.* Erzählungen, mit Illustrationen von Hans Fronius, Wien: Jungbrunnenverlag 1952 (= Junge österreichische Autoren, hrsg. von Hans Weigel, Band 6). Copyright 1953 by S. Fischer
Gef. 1953	*Der Gefesselte.* Erzählungen. Frankfurt a. M.: S. Fischer 1953
WW 1963	*Wo ich wohne.* Erzählungen, Dialoge, Gedichte. Frankfurt a. M.: S. Fischer 1963
D.E.G. 1971	*Dialoge. Erzählungen. Gedichte.* Ausgewählt und herausgegeben von Heinz F. Schafroth, Stuttgart 1971 (= Reclams UB 7939)
Nachricht 1970	*Nachricht vom Tag.* Erzählungen, Frankfurt a. M.: S. Fischer 1970
Sprache 1978	*Meine Sprache und ich.* Erzählungen, Frankfurt a. M.: S. Fischer 1978
ED	Erstdruck
EB	Erste Veröffentlichung in Buchform
E	Entstehungszeit
L	Liste Ilse Aichingers mit Chronologie ihrer Erzählungen

Das Erzählen in dieser Zeit. [Vorrede zu *Rede unter dem Galgen*]

ED	›Die Literatur. Blätter für Literatur und Bühne‹, hrsg. v. H. W. Richter, Nr. 1: März 1952, S. 1–3. (Titel *Über das Erzählen in dieser Zeit*)
EB	Galgen 1952, S. 5–7.
E	1951

Der Gefesselte
ED ›Die Neue Rundschau‹, 62. Jg. (1951), H. 2, S. 98–109
EB Gef. 1953, S. 5–24
Nachricht 1970, S. 7–18
Sprache 1978, S. 7–19
E L 1951

Die geöffnete Order
ED ›Frankfurter Hefte‹, 7. Jg. (1951), S. 134–142
EB Gef. 1953, S. 25–34
Nachricht 1970, S. 19–24
Sprache 1978, S. 20–26
E L 1949

Das Plakat
ED ›Wiener Tageszeitung‹, 3. Jg. (1949), Nr. 139, 16. Juni 1949, S. 4
EB Galgen 1952, S. 20–29
Gef. 1953, S. 35–44
Nachricht 1970, S. 25–30
Sprache 1978, S. 27–33
E L 1948

Der Hauslehrer
ED Galgen 1952, S. 30–36
EB ebda.
Gef. 1953, S. 45–49
Nachricht 1970, S. 31–33
Sprache 1978, S. 34–37
E L 1949

Engel in der Nacht

ED ›Wiener Tageszeitung‹, 3. Jg. (1949), Nr. 301, 25. Dezember 1949, S. 9

EB Galgen 1952, S. 37–48
Gef. 1953, S. 50–60
Nachricht 1970, S. 34–40
Sprache 1978, S. 38–45

E L 1949

Spiegelgeschichte

ED ›Wiener Tageszeitung‹, 3. Jg. (1949), Nr. 183, 7. August 1949, S. 7: Teil I (bis »Keiner will Zeuge sein, denn dafür wird man heute noch verbrannt.«); Nr. 184, 9. August, S. 5: Teil II (bis »Im Spiegel tut man alles, daß es vergeben sei.«); Nr. 185, 10. August 1949: Teil III (Ende)

EB Galgen 1952, S. 49–63
Gef. 1953, S. 61–73
Nachricht 1970, S. 41–48
Sprache 1978, S. 46–54

E Nach Ilse Aichingers Auskunft entstand die »Spiegelgeschichte« über einen Zeitraum von eineinhalb Jahren, begonnen Anfang 1948 – als erste Prosa nach dem Roman »Die Größere Hoffnung« –, beendet im Winter 1949. Während der Arbeit an der »Spiegelgeschichte« entstanden die Erzählungen »Das Plakat«, »Der Hauslehrer«, »Engel in der Nacht« und »Das Fenster-Theater«

Mondgeschichte

ED Galgen 1952, S. 64–73

EB ebda.
Gef. 1953, S. 74–82
Nachricht 1970; S. 49–53
Sprache 1978, S. 55–60

E L 1949

Das Fenster-Theater

ED Gef. 1953, S. 83–86

EB ebda.
Nachricht 1970, S. 54–55
Sprache 1978, S. 61–63

E L 1949

Seegeister

ED Stillere Heimat. Jahrbuch der Stadt Linz, 1952, S. 136–142 (Titel *Sommergeister*)

EB Gef. 1953, S. 87–94

E L 1952
Der ED enthält am Ende noch eine vierte Episode, die von Ilse Aichinger in der definitiven Fassung weggelassen wurde, um die Geschlossenheit, auch in der Dreizahl, zu wahren. Dieser letzte Abschnitt lautet:
»Die wenigsten wissen von ihm. Der heilige Eduard trägt keinen Rost wie Laurentius und keinen Wasserkrug wie Florian, er geht für die meisten Frommen in Allerheiligen unter. Er war irgendein König zu irgendeiner Zeit. Nur diejenigen, die genötigt sind, an der schattigsten Stelle des Sees zu baden, weil sie keine Badehütte besitzen und auch keinen andern Fleck am ganzen Ufer kennen, wissen mehr. Seine Kapelle steht am Seeufer, das hier nicht verbaut ist, gegenüber der Autostraße – eine Kapelle aus gelben und roten Ziegeln, mit einem rostigen Gitter verschlossen, durch das man auf den Altar sieht, auf verwelkte Blumen in Einsiedegläsern und ein Bild auf lauem, milchigem Glas. Es ist fast unkenntlich.
Hinter dieser Kapelle ist es gut möglich, die Kleider zu wechseln, gleich dahinter beginnt der Wald und hinter dem Wald steigen die Felsen auf. Solange der Verkehr nicht allzu stark ist, kann

man es unbesorgt tun: man läuft im Badeanzug über die Straße und steigt über den eingebrochenen Steg in den See. Die Leute sagen, es lägen noch Panzerfäuste hier im Wasser, aber es liegen nur ausgerissene Wurzeln auf dem Grund, die wie Wasserschlangen aussehen, wenn der Wind den See bewegt; sie tun nichts. Und manchmal Glassplitter, aber wer öfter hier gebadet hat, kennt die Stellen; und das Wasser wird gleich tief. An heißen Sonntagen erschwert der zunehmende Verkehr das Baden an diesem Ort schon deshalb, weil man beim Kleiderwechseln hinter der Kapelle auf der rechten Seite nur von links und auf der linken nur von rechts nicht gesehen werden kann. Man sollte meinen, daß Leute ohne Badehütte an solchen Tagen das Baden lassen müßten. Aber gerade an einem solchen Tag ist es zum erstenmal geschehen: An einem Sonntag im August, als zwei Mädchen, die von den Bergen an den See heruntergekommen waren, hier baden wollten und die Autoketten links und rechts nicht abrissen, ist dem heiligen Eduard der Kopf aus dem Dach gewachsen, mit dem Gesicht zum See, die gelben und roten Ziegel haben sich zum Mantel gefaltet, die Hochsommersonne ist ein weißes Chorhemd geworden und das schwarze Kapellengitter das Spitzenmuster darauf. Und als dem heiligen Eduard der Kopf vollends herausgewachsen war, hat er – ohne sich umzuwenden – seinen Mantel ausgebreitet, so daß die Mädchen hinter ihm in Ruhe ihre Kleider wechseln und kein Wagen von links oder rechts sie mehr stören konnte. Der Heilige hat sich erinnert, daß kein Mensch schmal genug ist, um in der Mitte hinter dem Altar ungesehen zu bleiben; und er wußte, daß es ein heißer Tag war.

Aber nachdem die Mädchen ihre Kleider gewechselt hatten, ist die Sonne verschwunden, das Spitzenmuster war ein Gitter wie vorher und der Heilige hat seinen Kopf wieder unter das Dach gezogen und den weiten Mantel zur Ziegelmauer einschrumpfen lassen. Die Kette der Autos ist abgerissen, und die Kinder sind ins Wasser gestiegen. Und die Mantelspange hat sich wieder in die Steintafel verwandelt, die schon immer dort ihren Platz hatte. In diese Steintafel mit dem leicht vergeßlichen Text:

Wanderer, bist du im Glück,
so gedenke der Witwen und Waisen.
Suchest du selbst aber Trost,
so erhebe dein Herz zu Gott.

Nur diejenigen Leute, die genötigt sind, an der schattigsten Stelle des Sees zu baden, wissen, daß diese Tafel eine Mantelspange ist, die geöffnet werden kann.«

Wo ich wohne

ED Stillere Heimat. Jahrbuch der Stadt Linz, 1955, S. 157–163
EB WW 1963, S. 55–59
Nachricht 1970, S. 66–69
Sprache 1978, S. 76–80
E L 1952

Rede unter dem Galgen

ED Galgen 1952, S. 74–82
EB ebda.
Gef. 1953, S. 95–102
Nachricht 1970, S. 61–65
Sprache 1978, S. 70–75
E L 1949

»Wer ist fremder, ihr oder ich?
Der haßt, ist fremder als der gehaßt wird, und die Fremdesten sind, die sich am meisten zuhause fühlen.«

Ilse Aichinger
Werke

Herausgegeben von Richard Reichensperger

Acht Bände in Kassette. Band 11040

Die Kassette wird nur geschlossen abgegeben.
Als Einzelbände lieferbar.

Die größere Hoffnung
Roman. Band 11041

Der Gefesselte
Erzählungen 1 (1948–1952)
Band 11042

Eliza Eliza
Erzählungen 2 (1958–1968)
Band 11043

Schlechte Wörter
Prosa. Band 11044

Kleist, Moos, Fasane
Prosa. Band 11045

Auckland
Hörspiele. Band 11046

Zu keiner Stunde
Szenen und Dialoge. Band 11047

Verschenkter Rat
Gedichte. Band 11048

Fischer Taschenbuch Verlag

fi 1800/2